Franz-Maria Sonner

Als die Beatles Rudi Dutschke erschossen

Franz-Maria Sonner

Als die Beatles Rudi Dutschke erschossen

Kunstmann

Irgendwo dazwischen

Karsamstage waren langweilig. Ich lag auf dem Sofa und döste. Hatte keine Hoffnung mehr auf die versprochene Erlösung. Oben knarzten die Bohlen. Brunnhölzl, der einbeinige Wehrmachtsveteran, bewegte sich hüftehebend vorwärts. Exakt der Rhythmus. Nur das metallische Klicken beim Aufsetzen der Prothese fehlte. Der Plattenspieler war tabu, Rauchen sowieso verboten. Statt dessen aus dem Radio Besinnliches in Wort und Musik. Jetzt ließ er sich Wasser ein. An jedem anderen Samstag wäre ich schon längst gebadet gewesen, hätte Haare gewaschen und aufgefönt, Pickel mit getöntem Schwefelpuder abgedeckt, hätte die Samthose und das Hemd mit hohem, doppelt geknöpftem Kragen angezogen. Heute wäre es verschenkt, nichts los. Im Schlafzimmer schnallte er die Prothese ab und ging mit dem Stock zur Wanne. Wahrscheinlich nackt. Frau Hösl von gegenüber unter der Dusche wäre mir lieber. Womöglich in Urlaub. Jedenfalls hatte sie sich den ganzen Tag noch nicht in ihrem Badezimmer gezeigt.

Es wurde Spätnachmittag, bis es endlich klingelte. Mein Vater öffnete. Frank stand vor der Türe. Mein Vater schaute mißtrauisch und griesgrämig wegen des Besuchs, schließlich war heute Karsamstag. Den ganzen Tag über war Grabwache in der Krypta unserer Pfarrkirche. Abends würde dann eine Andacht mit Predigt von Prälat Gumppel sein. Vor Gumppel mußte ich mich in acht nehmen. Er merkte, daß ich keine Lust mehr auf die Kirche hatte. Der witterte das. Er gönne Satan keine einzige Seele, sagte er. Unangemeldet war er abends gekommen, hatte sich einen Nußlikör hinstellen lassen und hatte begonnen, mich auszufragen. Ich war ihm ausgewichen. Natürlich wußten meine Eltern, daß ich nicht mehr wollte, aber das sollte unter der Decke gehalten werden. Und wenn es schon so weit mit mir gekommen war, sollte ich in dem einen oder anderen Fall nachgeben. Wenigstens an den Kartagen mal in die Kirche, hieß es dann.

Aber die Predigten von Gumppel waren eine Qual. Bevor es losging, gurgelte er mit Salzwasser, damit er bei Stimme bleiben würde. Er ging immer auf die Kanzel, eine Predigt mußte von oben herabkommen. Pürstl, der Mesner, schaltete das Mikrophon aus, denn Gumppel wollte sich in der Predigt so richtig verausgaben. Dazu gehörte der donnernde Ruf ebenso wie das leise, nach innen gekehrte Wort. Die Kontraste waren es, der leiernde, einlullende Singsang, die ansatzlos-laut herausgerufene Mahnung, das Schweigen der Besinnung hinterher, die ruhig vorgebrachte Überlegung, der brüllend kenntlich gemachte Abscheu vor der Sünde. Und das Mikrophon verfälschte die Kontraste, außerdem: lauter als laut konnte es ohnehin nicht werden, und Gumppel hatte das Organ dazu. Gumppels Lieblingsthema war die Verkommenheit der modernen Welt, die er jedoch nur zitierte. Je lauter er schrie, desto schlimmer das Übel. Gumppel hatte bei seiner Predigt die Schlagzeilen einer Zeitung vor Augen, die diese Verfallenheit schon in der Überschrift rausarbeitete. Er selbst las gerne das Kampfblatt *Bildpost* mit diesen Geschichten von verfolgten Christen hinter dem Eisernen Vorhang und in Rotchina. Das zog er der Illustrierten *Feuerreiter* vor. Beides lag in der Kirche aus.

Handtasche gestohlen, stellte Gumppel fest und steigerte: Fußgänger überfahren! Machte erstmal eine Pause, als würde er überlegen. Flugzeug abgestürzt! rief er dann, und wenn man jetzt meinte, daß das mit immer mehr Toten einfach so weitergehen würde, hatte man sich getäuscht. Ehemann betrogen, brüllte Gumppel. Und dann kam das Allerschlimmste: Mutter erschlagen! Die Stirnader war ihm angeschwollen, er schwieg und schaute auf seine Hände hinunter. Dann begann er wieder leise von vorne. Nach einer halben Stunde verließ er mit nassen Nackenhaaren die Kanzel. In der Sakristei lag ein Handtuch für ihn bereit, mit dem er sich grob den Kopf abrubbelte.

Frank wußte schon Bescheid und gab sein Bestes, um mich loszueisen. Er war ja auch ein höflicher Junge aus gutem Hause, zudem sechzehn, ein Jahr älter als ich. So gab es dann doch wenig einzuwenden, als er darum bat, mit mir spazierengehen zu können.

Außer ein paar zu rauchen, konnte Spazierengehen vieles heißen. Zum Bahnhof gehen zum Beispiel und sich am internationalen Zeitschriftenkiosk die neue *Melody Maker* oder *Music Express* kaufen, die Photos der Gruppen studieren, sich ihre Namen und Gesichter merken, um nicht Keith Moon mit Pete Townshend zu verwechseln, oder zu wissen, daß John Entwistle Baß spielt. Das Original war englisch, so englisch wie die Musik, und damit den deutschen Magazinen überlegen, selbst wenn Frank und ich dort alles verstanden. Auch die Songtexte waren ja kaum verstehbar, ein paar Fetzen ausgenommen. *People try to put us down, talking 'bout my generation. My generation.* Der Rest war egal.

Spazierengehen konnte auch heißen, über die Lazarettwiese gehen und reden. Über die Haare, deren Länge Zentimeter für Zentimeter gegen die Eltern verteidigt werden mußte.

Frank sah gut aus mit seinen blonden, leicht gewellten Haaren. Die ließen sich hinten hochtoupieren, er sah dann aus wie Steve Marriott von den Small Faces, Dave Dee oder Roger Daltrey. Wenn wir zusammen ausgingen, frisierte sich Frank in irgendeiner Toilette noch um. Heute sagte ich ihm, daß ich seine Haare gut fände, weil ich ihm dankbar war, daß er mich rausgeholt hatte. Frank schaute mich erstaunt an.

– Ehrlich. Ich mein' natürlich, ohne schwul zu sein, druckste ich herum.

Frank war unglücklich über seine Wellen, die ihn mindestens drei, vier Zentimeter Länge kosteten.

– Weil sich das Scheißhaar so aufwellt und sich nicht mal über den Kamm runterfönen läßt. Bei dir isses einfacher: grade runter. Bis ich soweit bin wie du, muß ich schon wieder zum Friseur.

Am einfachsten hatte es noch Günther mit seinem starken Bartwuchs. Die Haare trug er kurz, da zwang er seinen Eltern keinen Kompromiß ab, aber die Koteletten liefen so breit bis zum Kiefer runter, daß sie die Backen fast halb bedeckten. Das war auch was. Frank und ich hatten Pech, mit Bart ging bei uns überhaupt nichts.

Ich hatte angefangen, mir einen Mittelscheitel zu kämmen. Der hielt aber nur mit viel Haarspray. Wenn ich das irgendwie schaffte, würden in etwa zwei Monaten die Ohren zugewachsen sein. Das wäre dann schon eine echte Beatfrisur. Frank trug am liebsten Rollkragen, denn entscheidend war, ob das Haar aufsaß oder nicht, und wenn ja, wieviel darüber, und da ließ sich dann doch mit einem hohen Kragen einiges machen. Zum Friseur gehen zu müssen, war eine Katastrophe. Die kümmerten sich einen Dreck darum, ob man das Haar länger haben wollte, machten, was sie wollten, und so, wie sie es seit jeher gewöhnt waren. Friseure wie der alte Kniebel mit seinem Klumpfuß hatten in ihrem Laden die elektrische Schneidemaschine an elastischen Kabeln aufgehängt. Der Bubenschnitt für dreifünfzig wurde ausschließlich mit der Maschine ausgeführt. Hinten hoch und rundherum ausrasiert, und das mit einem moralischen Auftrag im Rücken, denn lange Haare waren für Kniebel eine Sauerei.

Here are the Boots, und die hatten die längsten Haare. Schulterlang, so richtige Matten hinten und Pony vorne. Standen für das Coverphoto ihrer ersten LP auf der Bühne des Starclubs, dunkle Anzüge, aber ganz konfirmandenmäßig, weißes Hemd, Krawatte, Beatstiefel und die Gitarren bis unter den Hals geschnallt. Und natürlich Antoine! Nimm endlich die häßliche Frau von der Wand, hatte Franks Mutter zu ihrem Sohn gesagt.

In der Schule war es Goldner. Hatte langes gewelltes Haar bis fast auf die Schultern. Einmal, in der Pause, fielen sie über ihn her, schnitten ihm eine seiner Locken ab. Das gesamte Lehrerkollegium grinste auf den Stockzähnen. Jaja, unsere Abiturienten, hieß es. Ein typischer Streich unserer Oberprima! Und Streiche waren lustig. So lustig wie der *wenzige Schlock* in der *Feuerzangenbowle*. Untertanenhumor eben. Diese Öffnung hier sei immer offen, sagte der Biologielehrer Loidl und wies auf den Zellmund in seiner Schemazeichnung eines Pantoffeltierchens. Und zwanzig von siebenzwanzig Schülern machten in die Hosen vor Lachen. Zwei Wochen später stand es dann in der Schülerzeitung unter Stilblüten. Und Hunderte von Schülern machten dann in die Hosen vor Lachen. Wahnsinnig lustig! Natürlich hatten solche Arschlöcher keine Ahnung: Jeder Zentimeter von Goldners Haar war gegen Anfeindung und Gepöbel durchgesetzt. In der abgeschnittenen Locke steckte der Kampf eines ganzen Jahres. Das sei ja gar nichts, sagte Herr

Bartl, sie hätten als Schüler damals noch ganz andere Sachen geliefert. Zum Beispiel Kalkbrocken auf fahrende Züge zu werfen. Von oben, von der Brücke. Man stelle sich das vor. Heute sei sowas ja undenkbar. Bartl fühlte sich unter seinen Schülern erst dann so richtig wohl, wenn die Türklinke mit schwarzer Schuhwichse bestrichen und der Tafelschwamm mit Knoblauchöl getränkt war. Schüleruntertanen, wie Bartl sie schätzte, tranken auch gern mal einen über den Durst. Oder steckten den griechischen Gipsköpfen Sokrates, Platon, Aristoteles im Foyer des Schulhauses eine brennende Zigarette zwischen die Lippen. Das waren *feine* Streiche, die alle ziemlich lustig und in Ordnung fanden, auch die Lehrer, weil die Täter am nächsten Tag wieder nüchtern waren und alles zugaben. Ehrensache, Herr Direktor! Als Herr Ränzler die Meinung des Kollegiums zum Überfall auf Goldner kundtat, hieß es: Das sei nun wirklich eine Sache, die die Schüler unter sich auszumachen hätten. Eine liberalere Pädagogik, wie sie hier gewünscht werde, könne und wolle ja nicht wegen jedem Dreck eingreifen.

Hinter dem Gebüsch war ein Mäuerchen, dort ließ sich ungestört rauchen. Kent mit Mikrofilter für klinisch reinen Rauch. Bei unserem Platz wucherte ein Rankgewächs, von dem sich in der kalten Jahreszeit Röhrchen abbrechen ließen. Robert nannte sie *Judenstrick*. Sie brannten zigarettenartig mit weißer Asche ab. Ihr Rauch stieg beißend in die Augen, ihn zu inhalieren, war auch für die Abgebrühtesten eine Heldentat. Am Boden lagen, wie seit jeher auf der Lazarettwiese, eingerollte oder verknotete Pariser. Die Lazarettwiese war das weiträumige Areal zwischen dem Schwestern- und dem Lehrlingsheim. Wie die das machten, war ein Rätsel. Auf den steinigen und staubigen Boden legt sich doch niemand. Das Mäuerchen ist feucht und moosig, und darauf mit nacktem Arsch? Oder auf einem der verkrüppelten, vom Sitzen abgeschabten Äste? Über solche Stellungen rein technisch Bescheid zu wissen, wäre schon gut. Irgendwann kommt man in die Situation, eine dumme Frage und die Sache ist gelaufen, zumal in dem Alter, wo man froh sein kann, wenn überhaupt was geht. Robert hätte es mit Sicherheit gewußt, er hatte das *Kamasutra* gelesen und sagte, er beherrsche schon über hundert verschiedene Stellungen. Ihn zu fragen, brachte ich nicht über mich. Mit einem Schwall wäre ich zugedeckt worden, Robert wartete nur auf solche Gelegenheiten, um vom Leder ziehen zu können. Er war es auch gewesen, der mir vor ein paar Jahren Aufklärung verschafft hatte, was das mit den Schuhen hin und her geschobene Ding überhaupt sei. Pariser, sagte Robert damals. Runzelte die Stirne, ließ den Mund halb offen und nickte, als habe er unter eine Motorhaube zu schauen. Wenn sie es treiben wollten, ohne ein Kind zu kriegen. Der Mann müsse ihn dann überziehen. Wie überziehen? fragte ich. Vorne ansetzen und nach hinten bis zum Sack abrollen. Robert öffnete den Geldbeutel. Er habe auch immer einen dabei. Ich sagte nichts. Mit Chris sei er im Caritasheim gewesen. Dort gebe es ja jede Menge Weiber. Mit einer habe er es bis aufs Zimmer geschafft.

– War nahe dran. Beinahe hätt's geklappt. – Da denkste mal, du hast das Glück, dann zieht die Sau das Loch zurück.

Im Singsang brachte Robert solche Sprüche vor und lupfte dazu den Sack in seiner schon speckig gewordenen, schwarzen Shakehose an. Das machte er sowieso dauernd. Ich war angeekelt. Robert war eine Drecksau, so abstoßend wie seine früh sprossenden Pickel mit weißen Eiterspitzen. Das Beste an ihm war seine Elektrogitarre. Eine rotlackierte, mit Glitzer hinterlegte Oberfläche, unten am Saitensteg ein

Hebel zum Verzerren der Töne, eine Gitarre, wie sie die *Shadows* spielten. Die schloß er an ein altes Radiogerät an und übte bei offenem Fenster *Poor Boy*. Robert genoß meine Entrüstung.

– Ich hab neulich im Kino *Angélique* gesehen. Sechzehnerfilm, logisch! Da läuft sie nackt über den Gang. Das sind Gefühle, leck mich am Arsch, Gefühle sind das, die verstehst du nicht, für die bist du noch viel zu jung, Adrian!

Ich hatte schon eine Ahnung von diesen Gefühlen, fand sie aber widerlich. Bei Pater Konrad zum Beispiel. Der nannte das: Buben zwiebeln, saß da, machte die Beine breit, zog mich dazwischen und fing an, mir im Gesicht rumzuknuddeln, ziemlich heftig. Zwischen den Beinen war was Hartes zu spüren. Er war es auch gewesen, der mich grob an die Pubertät herangeführt hatte. Im Beichtspiegel unter Schamhaftigkeit und Keuschheit stand, man könne Unkeusches ansehen, denken, berühren und tun, was hieß das schon? Außer, daß es vielleicht ein Hinweis darauf war, das Pinkeln sei nicht erlaubt. Schließlich mußte man den Hosenschlitz öffnen, ihn rausholen – das war einmal Unkeusches berührt, und hingucken – das war Unkeusches angesehen. Die katholische Technik war die, sich ohne Umschweife und innere Beteiligung aufs Klo zu setzen, also die Hose runterzuziehen, geradeaus zu schauen und sich hinzuhocken, in die richtige Lage bringt er sich selber, man läßt ihn da unten einfach gewähren und denkt an was Unverfängliches oder Neutralisierendes, die Schule zum Beispiel. Aber wenn ich dann doch zwischen die Beine gucke und ihn mit Wohlgefallen hängen sehe, ist es passiert. So gab es also jedesmal irgendwas Unkeusches zu beichten. Richtig unkeusch war die Sache mit Erna und Evi, die mich damals unter einem Vorwand mit in die Wohnung hochnahmen, um mich aber dann pinkeln zu lassen – Wenn du mußt, draußen ist das Klo! Mußt du jetzt? Aber ich mußte nicht, bis ich endlich begriffen hatte, daß ich sollte. Da schauten Erna und Evi zu und stocherten vorsichtig mit einem Lineal an meinem Bubenschwanz herum wie an einem fremden Tierchen, und ich gab ihnen dazu den Hinweis, daß er normalerweise nicht so groß sei. Das war klar, dazu mußte ich stehen, das war einwandfrei unkeusch. Aber Pater Konrad wollte die Sache präziser wissen: Wie oft? Ich wurde unsicher, hatte so dahingeleiert, daß ich Unschamhaftes und Unkeusches getan hätte.

– Wie oft?

– Was? Ich weiß nicht, was Sie meinen?

– Wie oft du es getan hast?

– Wirklich, ich ..., stammelte ich.

– Was die Buben eben so tun. Also, wie oft?

Keine Ahnung, nicht einmal eine entfernte Vorstellung, was der wollte. Was tun denn die Buben so? Vor allem, wie oft? Allerdings, wenn es alle Buben tun, tat ich es eher mehr als weniger.

– Na ja, schon so ein paarmal in der Woche.

Pater Konrad war erzürnt, vergab eine größere Buße, immerhin ein Rosenkranz, normalerweise kam man mit einem *Vater unser* oder einem *Gegrüßet seist du, Maria!* davon. Ein Rosenkranz, wofür? Robert nannte es Wichsen und machte Schmatz- und Sauggeräusche, indem er sich bei den Backen an den Mundwinkeln faßte und sie schnell hin und her bewegte.

Wenn ich Bescheid gewußt hätte, wäre ein solcher Hinweis ausreichend gewesen. So aber blieb der ganze Vorgang, wie man es mit Mädchen macht, lückenhaft und mußte nach und nach ergänzt werden. Erst ein Zungenkuß. Eklig, klang wie Zungenwurst. Unter den Pullover an die Brust fassen, unter den Rock. Soweit klar, aber dann? Robert sagte, er habe sich ein Loch in die Matratze gebohrt. Auch Poussieren war mehr. Erna zum Beispiel ließ sich von einem Italiener poussieren. Was machte er ihr eigentlich oder sie ihm beim Poussieren? Eine Sauerei war's allemal, zumal mit einem Italiener.

– Bauknecht weiß, was Frauen wünschen, und stellt tausend neue Italiener ein, singsangte Robert.

Klarheit kam in die Sache erst, als ich eines Tages mit Robert einen Motorroller anpinkelte. Der werde jetzt befruchtet. Das gebe lauter kleine Roller.

Zusammen mit Kaplan Koberdingers herausgespucktem Hinweis, in den Parks würde poussiert, bis der Zipfel tropft, ließ sich der Schleier dieses Geheimnisses lüften. Wenn der Stab des Moses in die Spalte gesteckt wird, läuten die Glocken von Jericho *Ihr Kinderlein kommet!*

Dä Papst verbietet uns die Pille, jetzt habbe mer sechs Kinner, des is dem Würmling sein Wille. – Tätää. Tätää. Tätää. Ob ich das verstehen würde, fragte mich meine Mutter, als wir uns *Mainz wie es singt und lacht* im Radio anhörten. Sie wollte testen, wie weit ich schon war. Ich sagte nein, weil ich nicht darüber reden wollte. Jeder sollte das gefälligst mit sich selber ausmachen. Das Reden von Erwachsenen darüber war verlogen. Sie bemühten sich immer, einem zu erklären, daß alles natürlich sei. Geschwätz! Allein die Vorstellung, daß ein mittelalter Mann mit Bauch seinen Ständer in eine käferartig auf dem Rücken zappelnde, mittelalte Frau mit Bauch steckt, war eine so abartige Sauerei, daß ich keine Beschwichtigungen hören wollte.

Bei Robert war es immer schweinisch. Er wußte auch später schon alles, daß Schwule Detlev oder Olaf heißen, oder die Witze von Rocco, dem Schnellficker. Er hat bei ihr den Finger drin. Kommt Rocco, fragt, wie spät isses? Sagt er: Viertel nach drei. Sagt Rocco: Ey, deinen Finger nimmst du aber schon aus meinem Arsch. Was Robert erzählte, traf aber nie den Kern von meinen Problemen. Sie waren viel naheliegender und praktischer. Wie kam es denn überhaupt dazu, daß Rocco zwei antraf, die zusammenlagen? Vor allem wo? Er hat bei ihr den Finger drin! War das normal? Mit Frank war das anders, der hatte ein Gefühl für das, was im Moment wichtig war.

Darf ich bitten? in einer Diskothek sei Quatsch. Wenn ich eine sähe, die mir gefiele, solle ich einfach hingehen und fragen: Woll'n wir tanzen? Mit ihr so lange tanzen, bis die nächste langsame Platte komme. Wenn sie vorher aufhörte, sei sowieso alles klar: Die könne ich dann vergessen. Wenn sie bliebe, dann aber sofort in den Schieber und ran.

Das waren die Hinweise und Tricks, auf die es ankam.

Claudia sei jetzt frei, sagte ich. Jochen gehe jetzt mit Katrin, und deshalb sei Claudia solo.

– Na los, dann ruf sie an und frag, ob sie mit dir geht.

– Einfach so: Gehst du mit mir?

– Genau. Entweder sie sagt ja oder nein.

Wenn sie tatsächlich ja sagen würde, hätte ich sofort hinfahren können, und die Sache hätte ihren Lauf genommen. Würde sie nein sagen, wäre es ein Sturz ins Bodenlose. Ich hätte mich nicht mehr blicken lassen können: Weiß es Claudia, weiß es Katrin, weiß es Jochen, weiß es Günther und wissen es alle anderen. Also tat ich nichts dergleichen.

Frank war dieses beneidenswerte eine Jahr älter, war schon sechzehn, durfte legal rauchen, bis zehn abends ins *Blow up,* in Sechzehnerfilme und war schon auf Parties gewesen. Frank machte alles ein Jahr früher. Ich war dreizehn gewesen, als Frank eines Tages mit zwei Ringen an der Hand aufkreuzte. Das Ende der Bubengemeinschaft war schmerzhaft, Frank sei ein Verräter, und wenn er solchen Scheiß gut finde, wolle ich ihn nicht mehr sehen. Frank lachte, nahm das alles nicht ernst. Beim nächsten Geburtstag brachte er mir bei, wie man zu Drafi Deutschers *Marmor, Stein und Eisen bricht* Shake tanzt.

Von Frank konnte man immer was lernen, er hatte ein sicheres Gefühl für das, was gut war. Die Single, die er mir zum Geburtstag schenkte, die erste überhaupt, *Don't bring me down* von den Animals, kannte ich bald in- und auswendig, ohne genug davon zu kriegen. Vor allem die Rückseite *Cheating* wurde immer besser. A- und B-Seite gleich gut, perfekt. Andere Nummern bekamen nach öfterem Anhören irgendeinen Fehler, der immer nervtötender wurde: ein katastrophales Gitarrensolo, ein Wort, das beschissen klang und einen an was ganz anderes erinnerte, fisteliger Gesang, der Refrain zu oft abgenudelt. Solche Fehler machten die Platte total kaputt. Zuerst war sie zweigeteilt, ich versuchte an der Stelle einfach wegzuhören, schließlich war die ganze Platte vergiftet, weil alles nur noch auf den Fehler zulief. Dann war es aus. Die Platte wurde im Album hinten einsortiert. Frank passierte das nie. Ich hingegen hatte als erste selbstgekaufte Single *God only knows* von den Beach Boys. Nach dem dritten Mal hören absolut unerträglich! Ich war in der Stadt in den großen Plattengeschäften gewesen, konnte mich aber nicht entscheiden. Auf dem Heimweg lief ich am Stiglmaierplatz an der Bretterbude vorbei, wo gebrauchte Heftchen und Platten zu kriegen waren. Der Fehler war, überhaupt reinzugehen, weil ich immer was kaufte, wenn mir jemand gegenüberstand und fragte, ob ich es haben wollte. Zuhause lag eine schwarze Jeans, in der ich absolut beschissen aussah. Ich hatte sie anprobiert und fand, daß ich eben beschissen drin aussah, aber es war die fünfte Hose gewesen, die mir die Verkäuferin gebracht hatte, und ich dachte, man könnte sie vielleicht umnähen. Meine Mutter tat ihr Bestes. Um die Beine herum war sie jetzt auch enger, aber dadurch kam das zu weit Ausgebeulte um den Arsch herum noch deutlicher raus. Ich konnte diese Hose definitiv nie tragen, sie war einfach eklig. Dasselbe mit den Beach Boys. Ausgerechnet! Aber es war in der vorhandenen Auswahl die einzige Gruppe, die ich kannte. Als der Verkäufer die Platte dann auch noch öffentlich vor den anderen auflegte und fragte, ob ich sie haben wollte, war mir klar, daß das Verlassen des Ladens jetzt vier Mark fünfundsiebzig kosten würde. Dreimal versuchte ich mir beim Anhören einzureden, daß die Platte gut war. Aber Frank würde sich diese Mühe nicht machen, sondern einfach feststellen, daß es eine saumäßige Platte war. Nicht nur Beach Boys, sondern auch noch eine schlechte Nummer von ihnen. Ich sagte Frank, ich hätte die Platte geschenkt bekommen.

Klar hatte Frank das, was er wußte und konnte, auch von anderen. Aber er setzte es richtig um. In seiner Klasse war Schaff. Schaff war schon siebzehn, hatte lange, schwarze Haare, war groß, fuhr ein Fahrrad mit französischem Rennlenker und trug eine cremefarbene Shakehose mit spitzen Beatstiefeln. Der Hinweis auf Schaff beendete jede Diskussion. Schaff hörte schon Them, als Frank und ich noch die Pretty Things hochhielten. Schaff führte Cream ebenso wie Jimi Hendrix ein. Deswegen gab ich meine neue Hendrix-LP erstmal bei Schaff ab, damit er sie durchhören konnte. Spitzenplatte, sagte er, und ich wußte, daß alles in Ordnung war. Als andere sich noch mit Verabredungen brüsteten, war Schaff schon wieder ein Stück weiter. Im Keller habe er sich so einen Raum eingerichtet, ausgemalt und mit Plakaten behängt, dort habe er seine Freundin letztes Wochenende getroffen, und mit ihr sei Petting gegangen, und zwar so, daß er jetzt erstmal keine Frau mehr sehen könne.

Petting! Schaff machte also Petting, was immer es war, es ging ohne Schwängern ab, wie, das würde sich noch ergründen lassen, dachte ich. Petting, schon das Wort war von so ganz anderer Art als poussieren. Poussieren war das Eklig-Schmierige, was sich Erna von ihrem Italiener machen ließ. Wenn meine Tante empört feststellte, daß die ja nur poussieren würden, so meinte sie damit, daß eine Beziehung auf Abwege geraten war. Statt sich zu verloben, fingen sie an zu poussieren. Mit Italienern allerdings wurde sich immer verlobt, jedenfalls hieß es das, um klar zu machen, daß es was Ernstes war und nicht nur um die Tricks ging, die so Südländer offenbar drauf hatten. Auch mit Negern waren die Frauen, wenn schon, dann verlobt. Also war Erna verlobt, um sich poussieren lassen zu können. So jedenfalls meinte es Tante Ruti. Damit wollte ich nichts zu tun haben, ich würde nie eine Frau poussieren. Auch nicht ihre Brust streicheln. Oder mein Glied anfassen lassen. Es nie in eine Scheide einführen. So wie die Älteren das sagten oder es sich vorstellten, durfte es nie werden. Petting, damit ließ sich umgehen, sowas war von einem Erwachsenen noch nicht zu hören gewesen. Später, als ich mich dann mit Polly schmusend in den Anlagen der Landshuter Allee herumdrückte, meinte ich, es wäre soweit.

– Woll'n wir Petting machen?

Polly erstarrte, sagte nichts und drückte ihr Gesicht in meinen Pullover. Dort schüttelte sie heftig den Kopf. Ich war erleichtert, denn ich dachte, ich müßte weitermachen. Dabei hatte ich genug. Hatte vom Schmusen schon einen ganz anderen Geschmack im Mund und rauhe Lippen. Außerdem wußte ich nicht, wie es ging. Von hinten vielleicht. Die größte Sauerei traf in Zweifelsfällen meistens zu. Irgendwie würde es sich, wenn es soweit war, miteinander und ineinander ergeben, hatte ich gehofft. Stimmte aber nicht, auch diese Technik entwickelte sich nicht von selbst. Deswegen war es jetzt besser, daß sie nicht wollte. Ich tat so, als würde es mir was ausmachen. Mußte ich ja, schließlich hatte ich gefragt. Ich war zufrieden. Wir konnten jetzt doch noch ins Café gehen. Daß sie dachte, ich hätte Erfahrung, war für sich genommen schon mehr, als ich mir vom ersten Mal erwarten durfte.

An diesem Karsamstag bedeutete Spaziergang etwas anderes. Am Donnerstag war Rudi Dutschke angeschossen worden. Frank hatte es am selben Abend in den Nachrichten gehört und mich gleich angerufen. Den Freitag mußten wir verstreichen lassen, da schaffte auch er es nicht, mich rauszuholen. Am Samstag war es aber dann soweit.

– Was ist, gehen wir hin? fragte Frank.

Wohin, war klar. Logischerweise Barer-/Theresienstraße zum Springerverlag, wo die Auslieferung der Bildzeitung verhindert werden sollte, wo gestern schon Straßenkämpfe tobten. Hieß es. Ich schwankte. Es ging ja nicht nur um das Hingehen. Nach all den Auseinandersetzungen und Gesprächen konnte es keinen Zweifel geben, daß – Frank sagte das Wort – die Solidarisierung mit ihnen jetzt anstand.

Diskussion war gut, das fand auch Herr Bunge, Franks Vater, der meinte, sich mit allem Neuen beschäftigen zu müssen. Sogar den Beat-Club samstags sah er mit am Fernsehen an. Beat-Club mit Uschi Nerke. Uschi Nerke war toll. Langes dunkles Haar, kurzer Rock. Alle Mädchen wollten so aussehen. Daß die Rattles eine deutsche Band waren, hörte Herr Bunge sofort. Eric Burdon mit den neuen Animals fand er um Längen besser. Jimi Hendrix, meine Güte, muß man sich so verunstalten? Allein die Anwesenheit von Herrn Bunge war eine Disziplinierung. Man konnte nie aus sich raus, saß brav da, rührte sich nicht. Ab und zu bekam ich Gänsehaut. Die Armhärchen sträubten sich. Diese Erregung war nicht zu unterdrücken.

Herr Bunge redete gern. Establishment als Problem, das war zu bedenken, sicher sei, da sei er ganz d'accord, die Zöpfe müßten ab. Würde sich die APO heute wie jede andere Partei auch zur Wahl stellen, würde er sie wählen. Ohne zu zögern, denn frischer Wind tue gut. Aber dann sei's keine APO mehr, wandte ich ein. Eben, meinte Herr Bunge gewandt, darum gehe es ja auch. Eine Fensterscheibe einschmeißen könne jeder. Randale machen auch. Mit solchen Leuten gebe es nichts zu diskutieren. Aber jeder, der normal zu ihm komme, klingle, statt das Hausdach anzuzünden, sich eben verhalte, wie zivilisierte Menschen sich zu verhalten hätten, und sagte: Herr Bunge, hör'n Se mal, ich hab' da ein Problem, mit dem diskutiere er, logisch oder? Und diese Opposition würde er auch wählen, denn es sei einiges faul im Staate Dänemark, haha. Aber ein Parteiprogramm müsse sein, mit Forderungen eins bis fuffzehn, zackzack runtergeschrieben. Sei ja wohl nicht zuviel verlangt.

Was war dagegen schon einzuwenden? Sein Engagement war doch immerhin ein Indiz dafür, daß ein Brückenschlag möglich war. Aber worum ging es überhaupt? Was war die Forderung? Ich versuchte zu verstehen. Auch Langhaarige und Gammler sind Menschen? Die APO ist eine Partei? Die Unterschiede waren weg, die Frontlinie verwischt. Auch die Rolling Stones waren mit *As Tears go by* und den Geigenpassagen darin jedem Erwachsenen nahezubringen. Die Versöhnung war zu wittern. Aber wer zum Teufel wollte die Geigen da hören statt einer harten Gitarre? Das war Verrat! Nicht zu rechtfertigen. Faszinierend war nur der Exzeß, Pete Townshend, der die Gitarre zertrümmert, oder Hendrix, der die Boxen fickt. Trauen müßte man sich.

Vor dem *Picknick* in Schwabing trafen sich die Gammler. Frank und ich gingen auch immer hin, um einen Hotdog für einszehn zu essen. Wir gehörten dann dazu und waren nicht nur Zuschauer. Gammler erkannte man an den langen, strähnigen Haaren, den speckigen Jeans und den abgewetzten, halbhohen Wildleder-Clarks. Dazu einen Parka oder eine Lederjacke. Und natürlich eine Gitarre. *Mon poupée qui fait: no, no, noho, no, no!* War von den Griffen her nicht so schwer zu spielen. Irgendwo hatten sie auch das Atomgegnerzeichen, entweder am Arm eintätowiert oder an einem Lederband um den Hals gehängt oder hinten groß auf den Parka aufgemalt. Wenn sie Lust hatten, setzten sich Gammler einfach auf den Boden. Man setzte sich nicht auf den Boden. Nie! Wenn jemand auf dem Boden saß, hieß es sofort: Guck dir den Gammler an! Das war für Mädchen die Chance. Die Mädchen sahen alle ganz proper aus. Von denen hieß es, daß sie nur am Wochenende gammeln gingen. Übernachteten dann im Englischen Garten, und am Sonntagabend ging es wieder nach Hause. Die Mädchen kamen also einfach und setzten sich auf den Boden. Das genügte, um die Leute aufzuregen. Die sahen Gammler am Boden sitzen und blieben vor ihnen stehen. Anständige Leute machten das so und gingen nicht vorbei. Gammler durften aber nicht direkt angesprochen werden. Das befleckte. Deshalb sagten die Leute das, was gesagt werden mußte, mehr zu sich: Sauerei. Schauen Sie sich das mal an! Dieser Dreck. Das sagten sie so lange, bis andere anständige Bürger dazukamen und mitmachten. Die Funkstreife müßte verständigt werden, hieß es jetzt. Und: Aufräumen. Irgendwann stellte jemand fest, daß es stinken würde, und dann trollten sich die Bürger wieder.

Vor dem *Picknick* ging es aber anders zu, der Gehsteig war Gammlerterritorium. Wenn ein Bürger dort durchlief oder gar moserte, bekam er eine Abreibung. Es sei denn, die Gammler hatten schon zu viele Biere oder waren zu bekifft. Die Bürger waren ja auch selbst schuld, sie mußten nicht unbedingt da durch. Sie sahen, was los war, und konnten, um auszuweichen, die Leopoldstraße überqueren oder in die Ainmillerstraße abbiegen. Taten sie aber nicht. Man kapitulierte nicht vor Gammlern. Nie! Deshalb hakte Vati Mutti unter, und sie versuchten im Stechschritt durchzustoßen. Dort stand aber Charlie. Charlie war einer der ältesten. Schon grau, fast zahnlos. Wenn er ein paar Mark über das Bier hinaus hatte, holte sich Charlie aus dem *Picknick* immer einen Plastikpott voll Erbsensuppe. Trug einen ausgeleierten, ehemals schockfarbenen Pullover.

– Haste mal 'ne Mark für mich, Herr Oberbonze, nuschelte Charlie.

Der Angesprochene faßte seine Frau noch fester unter und guckte nicht auf die Seite zu Charlie, um jede weitere Kontaktaufnahme zu unterbinden. Charlie sprang vor die beiden hin, hielt sich von oben her die Nase zu, hüpfte im Kreis und schrie: Iieeh, pfui Teufel: Gammler! Iieeh, pfui Teufel: Gammler! Die Frau lief rot an und schaute hilfesuchend zu ihrem Mann. Der wollte sie rechts an Charlie vorbeibugsieren, gab ihr einen geleitenden Schubs, ließ ihren Arm los, um selbst dann links um ihn herumgehen zu können. Von all den verfügbaren Möglichkeiten wäre dies noch die würdevollste gewesen, man wäre gewissermaßen durch Charlie hindurchgegangen, als ob er Luft wäre, hätte ihn einfach stehenlassen, ohne sich an ihm vorbeidrücken zu müssen. Charlie kapierte das sofort, heftete sich an die Fersen der Frau und wedelte mit dem Vorderteil seines weiten Pullis vor seinem Bauch auf und ab, als wolle er sie mit seinen Gerüchen befächeln, und fing an zu gackern. Die Frau stieß einen Schrei aus und begann, trotz ihrer Pfennigabsätze, loszulaufen. Jäh aufbrausend wandte sich ihr Mann Charlie zu. Hatte schon mit der schwarz behandschuhten Rechten ausgeholt. Sofort waren drei, vier Kumpane von Charlie bei ihm und schubsten ihn vor sich her: Hau ab, Spießer! Verdrück dich! Scheißestablishment! Gedemütigt verschwanden die beiden. Ab jetzt hatte Charlie Publikum, und niemand wagte es, ihm die Mark zu verweigern.

Wenn eine neue Boutique oder sowas aufmachte, mit echten Klamotten aus der Londoner Carnaby Street, dann wurde zur Eröffnung meistens ein Gammler gewaschen, rasiert, Haare geschnitten und neu ausgestattet. Das gab immer ein großes Hallo, Presse war da, es wurde viel photographiert und gelacht. Daß Charlie da auch mal mitmachte und sich wie ein Tanzbär vorführen ließ, war beschissen. Charakterlos. Aber bei Gammlern wußte man nie, was sie eigentlich dachten. Noch nicht mal, ob sie sich überhaupt Gedanken machten oder einfach nur so leben wollten!

Die eigenen Fortschritte einem so radikal anderen Leben gegenüber waren winzig, irgendwie abgebettelt. Nicht mehr Ministrant sein, nicht im Chor singen, nicht mehr in die Kirche gehen. Klar, ich machte schon, was ich wollte, aber nicht offen, sondern hinten herum. Es war so verdruckst. Unser Mesner, Herr Pürstl, dachte wahrscheinlich immer noch, daß ich in der Schule so viel zu tun hatte und es zeitlich einfach nicht mehr schaffte. Wegen Pürstl tat es mir leid. Wegen ihm wollte ich früher ja selber mal Mesner werden. Pürstl war gedrungen, weißhaarig, immer braun gebrannt, weil er sich sommers wie winters im Dantebad aalte. Am späten Vormittag hatte er bereits frei. Dabei war Pürstl doch eine Respektsperson: Herr der Schlüssel, Herr der Glocken, Herr der Gewänder und zeremoniellen Geräte, Herr des Klingelbeutels, Herr der Sakristei. Und Pürstl kannte nicht nur die Gebote, er wußte auch, wo sie nicht mehr gültig waren und wie sie außer Kraft gesetzt werden konnten. Was in der heiligen Messe Blut Jesu war, war ansonsten ein guter Tropfen, dessen Reinheit der Winzer mit Brief und Siegel beschworen hatte. Pürstl trank gern ein Glas davon, allerdings nur in der Sakristei, denn schließlich war es Meßwein. Wenn der Wein zu lange stand, wurde er sauer, war er sauer, bekam Stadtpfarrer Maillinger Sodbrennen. Und Maillinger war grob und ungerecht zu uns Ministranten. Er stand breitbeinig vor dem Altar, stützte sich mit beiden Händen ab, hielt den Kopf gesenkt und versuchte so, das saure Aufstoßen hinter sich zu bringen. Die Leute bekamen davon ohnehin nichts mit, denn der Pfarrer kehrte ihnen den Rücken zu. Hinterher war er unleidlich und schiß uns zusammen. Pürstl kannte das. Aber Meßwein wegzugießen, war eine schwere Sünde, denn Halbgeweihtes durfte nur durch Feuer oder den Magen eines Pfarrers vernichtet werden. Am schlimmsten war es, wenn alle Hostien aus dem großen Kelch verteilt waren. Dann war der Kelch leer, aber doch wieder nicht leer. Maillinger sagte immer, daß sich noch Partikel darin befänden, die *pars pro toto!* genauso Leib Christi seien wie ganze Hostien. Deshalb mußte ich in diesem Fall noch einmal in die Sakristei und zusätzlichen Meßwein holen. Und wehe, der war sauer! Maillinger ließ sich das ganze Kännchen in den Kelch gießen, schwenkte, daß sämtliche Partikel erfaßt wurden und im Wein schwammen. Dann setzte er den Kelch an und trank, schwenkte wieder, trank ihn leer und wischte ihn mit einem weißen Tuch aus, das zu jeder Messe frisch gereicht wurde. Nun war der Kelch wirklich leer und sauber. Maillinger vollzog diese Zeremonie sehr penibel, weil er mußte, empfand sie aber als Zumutung und Quälerei. Denn er haßte den Wein, den er jeden Morgen reintrinken mußte, und der ihm mit seinen Säurespitzen hart und scharf in den Magen fuhr. Die Reinigung eines Kelchs aus dem Tabernakel war daher der Gipfel der Qual. Maillinger setzte den Kelch breit am Mund an, es war eher ein Abgießen als ein Trinken, verdrehte dabei die Augen nach oben und kniff sie beim Hinunterschlucken zu. Sogar das Zuschauen war eine Qual. Pürstl sorgte also einfach mit seinem täglichen Viertel dafür, daß die angebrochene Flasche spätestens nach zwei Tagen leer war.

Pürstls Platz in der Sakristei war ein büffetartiger Schrank, dessen Ablage mit einem Vorhang geschlossen werden konnte. Selbst wenn der Papst unangemeldet käme, entstünde kein Problem mit Brot, Wurst, Kassler und Kartoffelsalat dahinter, sagte Pürstl, weil der Vorhang in Nullkommanichts zu ist, und den macht in meiner Sakristei niemand außer mir auf. Hinter diesem Vorhang hielt er auch Natron für Maillinger vorrätig oder bereitete das Salzwasser zu, mit dem Prälat Gumppel gurgelte, bevor er predigte.

Pürstl wollte in Urlaub. Als seinen Vertreter hatte er mich ausgesucht.

– Kennst ja eh alles, oder?

Kirche aufsperren morgens um halb sechs, Kerzen anzünden, Licht anmachen, Gewänder und Kelch herrichten, rot ist normal, schwarz ist Trauer, lila nur vor Ostern und grün nur um Pfingsten, ins Pfarrhaus hinübertelephonieren, wenn er verschläft, Wasser, Wein und weißes Handtuch bereitstellen, normale Messe, Seelenmesse, Requiem mit oder ohne Tumba, Sänger, Orgel, vier oder sechs Kerzen, Glockenläuten, nicht die kleinen, nicht die mittleren, sondern die große, schwere: die Totenglocke.

Sonntags um sechs war die erste, um halb sieben die

zweite und um sieben die dritte Messe, dann eine um acht, neun, zehn, und um elf die letzte. Um dreiviertel sieben kam die alte Frau Dieglhofer in die Sakristei. Was denn los sei? Warum am Marienaltar keine Kerze angezündet sei? Heute sei doch Maria Wiederkehr?

– Sofort, sofort, Frau Dieglhofer!

Maulend zog sie ab. Ich stieg hinunter und zündete am Marienaltar die Kerzen an. Halb acht kam die alte Frau Brenninger. Was denn heute los sei? Am Marienaltar seien sämtliche Kerzen angezündet. Und das, obwohl heute nur Maria Wiederkehr sei. Viertel nach neun kam der dicke Wallisch vom Pfarrbeirat. Wenn ich nochmal mit dem Klingelbeutel rausliefe, ohne eine anständige Kniebeuge zu machen, würde er mir eine runterhauen. Maillinger wollte sein Natron, Gumppel schrie so lange ins eingeschaltete Mikrophon, bis Maillinger selbst in die Sakristei gerannt kam und es ausschaltete. Um halb elf kam Frank in die Sakristei. Eine Erlösung, endlich einer, dem man die Wahrheit sagen konnte. Frank war evangelisch.

– Du kannst dir nicht vorstellen, was das für ein beschissenes und kleinkariertes Volk hier ist, sagte ich.

Logisch hatte ich mit denen nichts mehr am Hut. Nur Pürstl kam braungebrannt zurück und tätschelte mir die Wangen. Ich hätte alles gut gemacht.

Sogar jetzt hatte Pürstl keinen Haß auf mich, obwohl ich mich nicht mehr sehen ließ, grüßte mich freundlich, fragte nach der Schule und war überzeugt, daß was aus mir werden würde. Vor einiger Zeit hatte Pürstl noch gesagt, daß ich Nachfolger von Rudi Köster werden müßte. Rudi Köster war jahrelang Oberministrant gewesen. Damals, vor ein paar Jahren, war er noch schmal und blaß und bemühte sich um jeden einzelnen. Er hörte zu, nickte, legte den Arm um die Schultern der Buben, nahm alles ernst, tiefernst und sagte immer von dem anderen, über den man sich beklagte, daß er ein guter Kerl sei. Nur die Not schloß ihn auf, sonst blieb sein Gesicht unbewegt. Wenn man sich ihm offenbart hatte, rückte er näher, drückte, tätschelte und streichelte. Daran war nichts unangenehm, schlimm war jedoch, daß Rudi aus dem Mund roch. Nicht einmal, sondern immer. Aus seinem Mund kamen die guten Worte als Gestank, Gestank der Demut und Nächstenliebe. Jetzt war Rudi bei BMW und kam sonntags in einem *Glas* zur Kirche gefahren. Er war nun ein katholischer Mann und eher ein Fall für den Männerbund oder den Pfarrbeirat. Bei der alljährlichen Wallfahrt nach Tuntenhausen hatte es niemand als anstößig empfunden, daß Rudi einige Biere trank, ein rotes Gesicht bekam und wie die anderen Männer auch bei der Heimfahrt von hinten aus dem Bus herausschrie: Anhalten! Pieseln! Von ihrem Sitz aus hatte Frau Dieglhofer das Photo geschossen, das ein Dutzend Männer mit V-förmig aufgespreizten Beinen am Hang stehend zeigt. Unter ihnen Rudi. Er war jetzt zu den Erwachsenen aufgestiegen, ohne Ausfälle, ohne Krisen. Auch so blieb er nett, fuhr mit mir ein paar Runden um die Kirche, um mir zu zeigen, wie sein *Glas* abzog.

Das Schlimme an diesen Menschen war, daß sie so bedingungslos an das Gute in mir glaubten. Sie konnten sich gar nicht vorstellen, daß einer wie ich von allem abgefallen war, woran sie festhielten. Deshalb liefen sie herum wie fleischgewordene Mahnmale. Teeren, federn und pfählen sollte man sie! Sie quälen, sie öffentlich verprügeln, egal! – sie so lange hart hernehmen, bis sie endlich die Maske der Nächstenliebe fallenließen und einem zuriefen: Ja, ich hasse dich aus tiefstem Herzen! Dann hätte ich meinen Frieden wieder. Alles sollte man ihnen antun, nur reden, reden durfte man nie mit ihnen.

Im Gespräch zerrann alles. Vor einem halben Jahr traf ich Utz von Pechwitz, der ein paar Häuser weiter wohnte. Utz war schon Student, trug langes Haar, Pagenschnitt wie die Lords und eine engsitzende Hüfthose aus Cord. Wir begegneten uns am Kirchplatz, wo die CSU zur Landtagswahl einen Wohnwagen aufgestellt hatte. Dem Pfarrer Maillinger war es recht, er bekannte sich offen zu den C-Parteien. Christenpflicht. Utz hatte eine Stange Zigaretten unter den Arm geklemmt und rauchte. Müller, der Kandidat, stand auf der obersten Stufe des Wohnwagens und hielt eine Rede. Utz grinste spöttisch zu mir herüber, verzog schmerzhaft das Gesicht, wenn Müller Scheiße redete, oder pfiff laut. Dabei rauchte er immer. Müller schwitzte, sein Nylonhemd klebte, hing vorne aus der Hose heraus, so daß die schwarze eingenähte Rose zu sehen war. Mit einem Taschentuch fuhr er sich über das nasse, rote Gesicht, als sei es ein Handtuch. Utz hatte er als Kritiker ausgemacht.

Auf ein Wort, Herr Studiosus, sagte Müller, als sich die Leute bereits zerstreuten. Was es denn auszusetzen gebe?

– Das Freibier fehle. Oder gehorche das Stimmvieh jetzt schon ohne Gegenleistung. Müller lachte erstmal.

– Max, bring uns doch mal ein Bier! Setzen wir uns doch, bitteschön!

Müller wies in seinen Wohnwagen. Utz bedeutete mir, ich möge mitkommen. Seine Antwort auf Müllers Frage ließ erwarten, daß er dem Reaktionär jetzt das Fell über die Ohren ziehen würde.

– Gestatten: Müller.

– Von Pechwitz!

Utz schnarrte. Sein adeliger Familienname bedeutete ihm doch etwas. Müller hob vielsagend die Brauen.

– Und Ihr werter Name?

– Berlenberg.

Müller roch, wie alte Männer in der Umkleide des Schwimmbads riechen. Das Bier kam. Ich lehnte ab. Utz und Müller hoben das Glas.

– Wohlsein, so redet es sich schon viel besser. Also: Wo brennt's?

Müller legte den Kopf auf die Seite und nickte Utz aufmunternd zu. Utz war ernst geworden, sagte etwas vom Vietnamkrieg und vom Kampf der Dritten Welt gegen die imperialistischen Metropolen. Daran gab es nichts auszusetzen, aber Utz war nur in seinem Sarkasmus und seiner Widerborstigkeit souverän. Müller witterte das und sagte, er wolle jetzt mal ganz klar festhalten, daß er hundertprozentig gegen den Krieg sei. Diese Position ließe er sich nicht abkaufen. Von keiner Partei und schon gar nicht von der eigenen. Und das da drüben sei Krieg. Wo der Mensch den Menschen töte. Wahnsinn! Das sage er jetzt mal als einer aus der Generation, die in diesem Lande schon mal, nicht wahr, darauf könne man sich doch verständigen? Oder? Wohlsein! Im Grunde, wo sei denn die eigentliche Differenz, so ganz grundsätzlich, wo denn? Na also! Nur zu, bei dieser Hitze, da munde das Freibier – haha – doch besonders.

Utz hatte schon verloren. Von Mensch zu Mensch gab es keine wirklichen Differenzen. Worum ging es eigentlich? Was sollte das Gewäsch? Ich wurde müde, verstand nichts mehr und verlor den Bezug zu dem, was da ablief. Schwieg verbissen. Spürte, daß Utz sich geschmeichelt fühlte, weil der Kandidat ihn so wichtig nahm. Wenn alle so wären wie er, Müller, gäbe es gewisse Probleme nicht. Müller war zufrieden, radikalisierte sich probeweise, rief dann wieder Max und ließ ihm weiteres Bier bringen. Utz brach seine Stange Zigaretten auf und bot dem Kandidaten eine an. Ich sagte, ich müsse jetzt gehen.

Die Liberalen, die der einen Seite die Argumente der jeweils anderen immer nur verbindlich lächelnd übermittelten, ohne selbst eine Position zu haben, die immer das Gespräch suchten, um über andere zu sprechen, die liberalen Scheißer waren die Schlimmsten. Es war eine der vielen Veranstaltungen mit dem Titel *Was will der SDS?*, in der ich saß. Diesmal wurde sie von der Volkshochschule veranstaltet. Die Referentin gab eine sensible Einführung, verwies auf die Probleme der Jugend, auf die Notwendigkeit, sie zu verstehen, zitierte Fragen, die viele im Lande hätten, wäre, kurz gesagt, so gerne für den SDS gewesen, wenn man sie gelassen hätte, aber man ließ sie eben nicht, und niemand, nicht einmal sie, wußte warum, so daß sie aus dieser melancholisch stimmenden Behinderung heraus, diesem Hirnphantomschmerz, eine geschlagene halbe Stunde lang laberte. Es war quälend. Ich hoffte so sehr auf den als Vertreter des SDS angekündigten Herrn Hasenbalg, hoffte, daß er die Veranstaltung auseinandernehmen würde. Anklagen, rächen. Zuschlagen. Er saß vorne auf dem Podium und drehte *Krauser*, haute sich immer wieder mit kräftigem Schlag eine *Rothhändle* heraus, trug eine Nickelbrille, war allerdings ein echter Brillenträger, denn die Gläser waren dick. Ich versuchte, sein Grinsen als spöttisch zu deuten. Als er jedoch auch nach einer Viertelstunde Vortrag noch genauso grinste, war es einfach nur noch blöd. Und dann kam es. Die Referentin bat den Vertreter des SDS, Herrn Hasenbalg, doch jetzt Stellung zu nehmen und die Position des SDS zu erläutern. Aber was zum Teufel sollte er eigentlich erläutern, wozu sollte er Stellung nehmen? Das einzige, was er hätte sagen können, wäre gewesen, daß es das Schlimmste sei, auf so einen Scheißdreck eingehen zu müssen, auf das Gelabere einer dummen Pute, wie es die Vorrednerin nun einmal bedauerlicherweise sei, und wenn überhaupt etwas der Bewegung gefährlich werden könne, dann nur, von solchem Wortglibber zugeschissen zu werden. Er sagte aber nichts, einfach nichts, und saß da, drehte sich eine oder haute sich eine heraus und grinste blöd. Eine Viertelstunde lang, bis die Veranstaltung abgebrochen wurde.

Frank drängte, setzte mich unter Druck.

– Also, wie isses jetzt?

Ich schwankte. Mit vorläufigen Positionen ließ sich leben, so vieles war zu bedenken, warum jetzt ein Bekenntnis zu einer noch zweifelhaften Sache?

– Martin Luther King haben sie umgebracht, den Ohnesorg haben sie erschossen. Jetzt den Dutschke. Und du? Hältst die Schnauze. Hosen voll bis zum Anschlag, würde ich sagen.

Klar! Und wenn schon. Ich verschanzte mich. Nicht einmal für das Offensichtliche gab es Wahrheitsgarantien. Schwankendes Bild. Hin und hergerissen zwischen Himmel und Erde. Endlich fixiert die Kamera ein Menschenknäuel, aus dem heraus sich ein Polizist mit spitzem Helm löst, einem Fliehenden hinterherläuft, den Knüppel zieht, ihn erreicht, auf ihn einschlägt, dem Liegenden in die Weichteile tritt und weiter auf ihn einschlägt. Wurde so im Fernsehen gezeigt. Na und, was soll's: Wahrheitsbeweis Nummer hundertsieben Strich zwo? Von wegen. Immer war dergleichen aus dem Zusammenhang gerissen, unfertig. Es wurde diskutiert, dann hieß es, im Endeffekt sei nichts klar, und der Polizist hätte doch eher recht. Und wieder hatte man keinen gültigen Beweis gegen diesen Scheißstaat.

Recht und Unrecht waren nur bei Gesinnungsproben klar. Ich kannte das von früher her.

– Stellt's euch vor Kinder, ihr tätet's da im Zirkus stehen.

Gleich lassen's die Löwen raus. Jetzt fragt euch der Kaiser 's letzte Mal: Aufg'fress'n wer'n oder den Herrgott verleugnen?

Rotfaserig glühten die Bäckchen von Kaplan Koberdinger, dem *Herrn Koperator*, wie er sich von den Mitgliedern des Frauenbundes anreden ließ.

Es war eine Qual, bis Christa endlich etwas sagte. Zuerst starrte sie nur auf den Boden hinunter. Dann endlich gestand sie stockend ein, daß sie Angst haben würde. Angst habe er nie, aber auffressen lasse er sich trotzdem nicht, prahlte Volker. Heini schlug in dieselbe Kerbe: Auffressen? Er sei doch nicht blöd.

Koberdinger ließ die Arme hängen und schaute prüfend auf mich. Ich empfand Mitleid. Es galt ja nur, den Finger zu heben.

– Ich schon. Ich tät's.

– Recht so, brav, sagte Koberdinger.

Meine Antwort war eine Lüge, doch genau so mußte sie lauten. Was in Koberdinger jetzt vorging, wußte ich. Die Lehre hatte ich verstanden, aber verstand ich auch das religiöse Leben? fragte er sich. Mir Hundsbuben sehe man nichts an. Hoffärtig, verschlossen. Ich würde es ihm hindrehen. Logisch. Koberdinger war ein Schinder. Wie gerne hätte er die Wahrheit aus mir herausgeprügelt, mich derb in die Verzagtheit der anderen zurückgetrieben, um mich von dort aus zu wirklicher Überwindung des Lebenswillens erheben zu können, einem tiefgefühlten: Ich schon. Ich tät's. Was würde Koberdinger für ein Exerzitium mit mir durchgezogen haben, wenn man ihn gelassen hätte.

Ich beeilte mich, am Ende der Kommunionsstunde zu verschwinden. Koberdinger hielt sicher nach mir Ausschau, um mich zu verabschieden. Genau das war es, wovor ich geflohen war. Die weiß-gepflegten Kaplanshände würden meine Hand so fest umschlossen halten, dabei die Knöchel der einzelnen Finger hin und her drücken, sie gegeneinander mahlen, daß es mir heiß werden würde, weil ich nicht schreien durfte, daß ich zittern würde vor gelbgalligem Zorn, weil ich ihm keine reinhauen durfte in sein grinsendes Kaplansgesicht.

– Angst hab ich schon, klar, du etwa nicht? Vielleicht kriegt man ja eins drübergezogen. Aber ich mein', du weißt ja gar nicht, wer sie sind, was sie wirklich denken, die von der APO.

Scheißhausparolen, nur Scheißhausparolen wurden verbreitet. Triumphierend betrat Herr Bartl das Musikzimmer, er hatte sich was ausgedacht. Der Haarbuschen am Hinterkopf legte sich nicht mehr gnädig zur Bedeckung der Blöße nach rechts, sondern hing wippend wie Gockelfedern nach links herunter. So erklomm Herr Bartl das Lehrpodest und trat ans Klavier.

– Jetzt aber mal Ruhe, Herrschaften! – Wer von euch weiß überhaupt, wie sie wirklich heißen, die Beatles, hä? Wanzen, genau: die Wanzen, hehe. Ich sage, das paßt. Aber haargenau. Die Wanzen. Kulturlos, hirnlos, blöd. Einfach blöd. In Hamburg haben sie ja im Starclub gespielt.

Herr Bartl war also informiert, legte eine Hand an den Mundwinkel und fing zu raunen an.

– ... in Hamburg haben sie eine Kirche mit einer Bedürfnisanstalt verwechselt.

Herr Bartl drehte ab, watschelte hinter den Flügel und lehnte sich, den Kopf mit beiden Händen abstützend, in dessen runde Einbuchtung. Von dort schaute er auf seine Klasse hinunter. Niemand sagte was. Es war vollkommen sinnlos, denn Bartl hatte jede Menge solcher Geschichten auf Lager. Immer mit den Beatles. Als sie im Gefängnis den

SDS erfanden. Als John Lennon hinter das Sofa der Königin kotzte. Als die Beatles Rudi Dutschke erschossen. Zwei Wochen später blieb der Musikpavillon tagelang geschlossen. Warum, blieb ein großes Geheimnis. Später sickerte durch, daß Eindringlinge nachts in den Flügel geschissen hatten.

Manon – oder wie sie hieß –, war Leadsängerin von Aja Re, einer zehnköpfigen Gruppe, die auch in einer Kommune zusammenlebte. Machten so Musik mit spirituellem Einschlag, aber sonst ziemlich hart und gut, viele Schlaginstrumente, keine Bläser. Die spielten jede Woche einmal im *PN* in Schwabing. Jedesmal war der Club voll, obwohl die Nummern immer dieselben waren. Für mich war es der Glanz eines anderen Lebens. Ausgehend von Manon. Eine große, schlanke Frau, schwarzhaarig, von heller Gesichtsfarbe, mit tiefschwarz geschminkten Augen, angetan mit einem knöchellangen, dunklen Kleid. Eines Abends, als sie sang, dabei beidhändig das Mikrophon umschlossen hielt und ihren Oberkörper hin und her wiegte, fiel mir auf, daß sie keinen Büstenhalter trug. Normalerweise wurden Geräte mit harten, spitz zulaufenden Körbchen getragen, die die Brust nach oben vorne ruhigstellten. *Cross your heart!* Die Gewißheit, daß bei ihr alles ungebändigt blieb, sich bewegte, brachte mich zu einer anschaulichen Vorstellung ihrer vollen Brüste – weiß, unter der Haut sich abzeichnendes blaues Geäder, ein dunkler, klar abgesetzter Vorhof weit um den Warzenknubbel herum. Ein solcher Blick allein bedeutete schon Schuld, und als er auch noch erwidert wurde, entstand ein Gespinst, in das ich mich tief verstrickte. Was aber würde ich mit so einer Frau machen, wenn ich es wagen könnte, ihr ernsthaft gegenüberzutreten? Worüber reden? Dasitzen, hineinverschraubt in Schüchternheit, wo eine Kommune noch nicht mal mehr Klotüren zuläßt? Mit ihr daliegen, und dann irgendwann um halb elf aufstehen und sagen, entschuldige, aber ich muß jetzt heim ins Bett? Da würde eine Frau wie Manon lachen. Irgendwo hinter den Gitarristen saß ein gnomenhaft gebeugter Mann mit Bongos zwischen den Knien, von dem es hieß, er sei ihr Freund. Heißt das noch so? Sieht echt nicht gut aus, ungesund bleich, zerfurcht, nimmt wahrscheinlich Drogen. Aber das ist es: Wüßte man, warum sie mit ihm geht, wüßte man, was sie überhaupt denkt und will. Da spürte ich dann ein Ziehen und Heimweh in mir, ging bald, machte mir zu Hause was zu essen warm und setzte mich zum *Sportstudio* vor den Fernseher.

– Ist doch egal, darum geht's doch nicht. Wir informieren uns ja erstmal nur, was los ist.

Frank hatte recht, obwohl sein Kompromißvorschlag faul war. Dieses wachsweiche Sich-informieren! Er hatte eben auch Angst. Über die Heßstraße näherten wir uns langsam dem Geschehen, schlugen noch ein paar Haken um diesen und jenen Block, als hätten wir einen Verfolger abzuschütteln oder ihm weiszumachen, wir gingen spazieren. Dann standen wir davor. Am Tatort.

Wie ein großes, graues Insekt mit vorgestrecktem Rüssel stand der Wasserwerfer auf dem Gehsteig, spie dann jäh einen harten Strahl auf ein schnell heranlaufendes Häufchen von Demonstranten. Weiter hinten in der Barerstraße waren vergitterte Mannschaftswagen aufgereiht, um das Auslieferungslager herum ein Verteidigerring. Kreisendes Blaulicht. Lederjackenpolizisten mit fleischigen Köpfen und seitlich herabbaumelndem Pistolenfutteral – *ja bidde, hier Isar 23!* – schoben die Zuschauer von den Akteuren weg. Über einen

Lautsprecherwagen kam Drohendes: … *fordern wir Sie auf … verlassen Sie … Festnahme … letztmalig … Bürgerinnen und Bürger* … Ein, zwei Steine flogen krachend gegen Blech. Vereinzelt Rufe. Ein Trupp Polizisten stürmte los, das nasse Häuflein zerstob. Aber wo waren die anderen, warum sah man sie nicht? Wo war sie, die Gegenmacht?

– Keine Chance, die haben doch echt keine Chance.

– Null.

Das war es. Dafür das ganze Hin- und Hergerede. Frank und ich trotteten heim. Wir versuchten erst gar nicht mehr, unsere Enttäuschung in Worte zu fassen. Nicht den Hauch einer Chance hatten die. Alle Geschehnisse liefen auf einer Schiene. Sie entgleisen zu lassen, gelang einfach nicht. Das war bitter.

Mädchen

Früher waren Tanzkurse Pflicht. Bei uns nicht. Jeder konnte, wie er wollte. Tanzen lernen war albern. Allerdings waren die Tanzschulen ziemlich aktiv. Sie veranstalteten für ihre Besucher Konzerte mit Münchner Beatgruppen, den *Gongs* zum Beispiel, bei denen Robert Rhythmusgitarre spielte, und warben damit, daß sie den Leuten auch die modernen Tänze wie Rock'n Roll, Shake oder Letkiss beibringen würden. Ihre Programme schickten sie an die Schulen, nicht erst den Achtzehnjährigen, sondern an uns, die Fünfzehnjährigen, weil sie wußten, daß wir einen ziemlichen Druck drauf hatten. Ein Großteil unserer Klasse hatte noch keinen Weg gefunden, an Mädchen zu kommen. Nach Schwabing in eine Diskothek zu gehen, war den meisten verboten. Da gab es Krawalle, Gammler und Drogen. Die Freizeitheime waren fest in der Hand von Rockern, oder mindestens doch von Lederjacken- oder Mopedtypen. Als Gymnasiast bekam man eins auf die Schnauze. Was dann nur blieb, war, einen Tanzkurs zu machen.

So kam es, daß ich in meiner Eigenschaft als Klassensprecher bei Pit Denzel saß und die Bedingungen für einen solchen Kurs abfragte. Pit Denzel war alt, und seine Umgangsformen entstammten der Zeit, in der man mit Pferden und Hunden deutsch und mit Frauen französisch sprach. Die Bügelfalten seines dunklen Anzugs waren so makellos, daß er sie seines leicht gebückten Ganges wegen vor sich her zu tragen schien. Das silbergraue Haar hatte er glatt zurückgestrichen, seine Wangen waren gepudert, um seine Backenknochen herum war Rouge aufgetragen. Denzel saß in einem schweren Plüschsessel. In seiner Reichweite war eine Flasche im Kühler bereitgestellt, und der Wein ließ ihn von Glas zu Glas rosiger aussehen. Ich hatte auf dem angebotenen Stuhl Platz genommen und versuchte, meiner vorher zurechtgelegten Verhandlungslinie zu folgen, um ihn im Preis drücken zu können. Aber Denzel wußte, worauf es ankam. Er hatte Mädchen anzubieten – reizende Damen, ganz reizende Damen! – und suchte noch junge Herren. Auch ein Tanztee mit Beatmusik samstags war vorgesehen, exklusiv für Kursteilnehmer – also wurden wir handelseinig. Auf das restliche Programm kam es nicht an, denn Tänze wie Foxtrott und Walzer interessierten sowieso niemanden.

Leutselig lächelnd durchquerte Denzel den Tanzsaal, vorbei am Spalier der Damen hüben und dem der Herren drüben. Auf dem Flügel stand im obligatorischen Kühler der Weißwein, gekreuzt umlegt mit einer weißen Serviette. Denzel stärkte sich und begann mit der Vorstellung. Er memorierte eine beeindruckend lange Liste von Namen. Es begann mit dem Adel, es folgte der Geldadel. Schließlich wurden meine Mitschüler und ich als die Herren der Klasse 10a eingeführt. Sigi und Friedrich, die die Teilnahme verweigerten, hatten recht, das Ganze war bürgerliche Scheiße.

Denzel leuchtete rosig und klatschte zweimal in die Hände.

– Die Herren treten vor, ich bitte Sie: langsam, mit Stil, nicht hastig, Sie treten vor, deuten eine Verbeugung an und fordern zum Tanz auf: Darf ich bitten? Meine Herren, bitteschön: bleiben Sie doch noch zurück!

Knaben waren zu geschlechtsreifen Jungtieren mutiert. Die Linie hatte sich durch das Gedrängle, Geschiebe und Gestoße immer weiter nach vorne verlagert. Schweiß, Rasierwasser und Achselspray waren zu einer brünftigen Mischung vereinigt. Die Mädchen kicherten, manche blickten bänglich, andere hatten sich, Schlimmes ahnend, verstört abgewendet. Kampf war angesagt. Als das Zeichen dann gegeben wurde, rannten alle los, um sich das Mädchen zu schnappen, das sie sich vorher ausgeguckt hatten. Zuerst wollten alle die gleichen fünf, sechs augenfällig hübschen. Durch Verweigerung und Damenwahl brachten die Mädchen dann Ordnung in den Haufen. Die Zurückgestuften mußten sich andere suchen, wenn sie nicht leer ausgehen wollten, und nach einer halben Stunde war jeder da, wo er hingehörte.

Kurz vor dem Ende dieser ersten Stunde zeigte Herr Rösner, der junge Tanzlehrer, der immer alles vormachen mußte, wie Shake und Letkiss gingen. War ja im Prinzip ziemlich einfach, rechtes Bein vor, linkes Bein vor, linke Schulter vor, rechte Schulter vor, dabei so tun, als würde man mit den Fingern schnalzen wollen, was aber keinesfalls wirklich passieren durfte. Herr Rösner tanzte Shake so hingebungsvoll wie einen Walzer, er machte mit dem ganzen Körper mit, jede Bewegung war rund und wurde energisch mit professionellem Engagement vorgetragen. Das Lässige und Hochmütige an diesem Tanzstil kapierte er überhaupt nicht. Auf Parties wurde nicht so rumgehampelt, da rutschten und drehten die Mädchen nur noch auf ihren Plateausohlen, ohne auch nur einmal das Bein vom Boden zu nehmen. Mit dem Letkiss hatte Rösner dann endgültig verschissen. Daß er sich überhaupt traute, das vorzumachen! Zu albernster Faschingsmusik, Typus Hammelburger Stadtpfeifer, hüpfte Rösner beidbeinig auf die füllige Schwarzhaarige zu, die er sich als Partnerin ausgesucht hatte, und immer, wenn ein Schnalzen ertönte, durfte er sie küssen, natürlich nur ganz kurz im Vorwärtshüpfen, und dann ging es auch schon wieder rückwärts.

Manfred, ein flüchtiger Bekannter, hatte mich vor einigen Monaten zu einer Party eingeladen. Fünf Jungen und fünf Mädchen, da konnte nichts schief gehen. Ein Tanzwettbewerb wurde ausgetragen. Ich begann mit Sophie, ehe ich mich versah, blieben Regina und ich übrig. Regina war solo da. Manfred legte nur noch Platten für Schieber auf. Plötzlich löschte jemand das Licht. Die Paare suchten sich einen Winkel. Die Musik blieb, besorgt von einem automatischen Plattenwechsler. Bis zu zehn Singles nahm er auf, die Stücke waren kurz, aber fünfundzwanzig bis fünfunddreißig Minuten hatte man Ruhe. Gut möglich, daß die Falschen zusammengekommen waren und knutschten. Manfred lag auf Sophie und hatte die Hand unter ihrem Pullover. Beim nächstenmal konnte sich eine andere Kombination ergeben. Es gab keine Beziehung, die man nicht während eines Festes hätte verlieren können. Sophie ist die Freundin von Manfred, bis sie sich eines Tages auf ein anderes Fest einladen läßt. Dort trifft sie einen anderen, knutscht mit ihm, ruft am anderen Tag Manfred an und sagt ihm, daß sie jetzt mit Roland geht. Manfred trifft die Entwicklung wie ein Blitz, denn geändert hat sich nichts, nur, daß es eben jetzt Roland gibt. Wie soll man da glücklich werden? Man mußte aufpassen, daß man nicht unter die Räder kam. Lieber etwas zufügen, als es hinnehmen müssen. Regina gefiel mir, ich hatte sie im Bus mehrmals gesehen. Ich gefiel ihr auch, das war klar, denn Manfred hatte ihr den Gefallen getan, mich einzuladen und uns beide den Tanzwettbewerb gewinnen zu lassen. Sie mögen? das war schon schwieriger zu beantworten. Kann man erst sagen, wenn alles vorbei ist, meinte Frank jedenfalls. Den ganzen Abend mit einer knutschen –, wenn man dann nicht angeekelt von sich und ihr nach Hause geht, sondern sie immer noch mag, mag man sie wirklich. Regina trug eine Strickhose mit Gummizug, nicht zu eng, deshalb konnte ich leicht darunterfassen. So weit war ich noch nie gekommen. Ausgezogen wurde nichts. Ich fühlte zum ersten Mal einem Mädchen zwischen die Beine.

Regina war wirklich nett, machte Schluß mit Ebi, und ich ging mit ihr immerhin einige Monate. Die erste richtige Freundin.

An einem lauen Abend spazierten wir durch den Wald zur Kiesgrube, in der sich ein kleiner Baggersee befand. Die Kiesgrube war eingezäunt, das Baden war verboten. Deswegen ließ es sich dort besonders ungestört baden, wenn man durch den Zaun gekrochen war. Ich hatte den Arm um Regina gelegt und faßte ihr immer wieder unter das T-Shirt, wenn ich uns unbeobachtet glaubte. Vom Küssen kurzatmig geworden, sagte Regina stockend, sie würde nun die Pille nehmen. Ich spürte eine jähe Blutleere im Kopf, war benebelt von den Aussichten, die sich von jetzt an ergaben. Heute gehe aber nichts, fügte Regina hinzu, sie habe noch ihre Periode. Frühestens nächste Woche dann. Allein der Gedanke daran spannte die Hose, verflucht eng, dazu noch hellblau, was einen durchnässenden Fleck besonders deutlich herausarbeiten würde. Wir quetschten uns durch den Zaun. Ich zog mich aus und badete. Regina behielt ihr Bikini-Unterteil an und blieb am Ufer sitzen. Später lagen wir dann unter unseren Handtücher aufeinander, und plötzlich, an Handtüchern und Unterteil vorbei, war ich in Regina hineingeglitten, fast gerutscht. Sie sagte nichts, aber ich spürte deutlich ihr Tampon. Die Dinge würden jetzt ihren Lauf nehmen, aber ich hatte Angst, sie zu verletzen, weswegen ich nur rasche, kurze Bewegungen machte. Ein Aufstöhnen, und dann war es auch schon vorbei. Beschämend. Und davon hatte ich so lange geträumt. Regina zeigte auf einen roten Flecken auf dem Handtuch. Ich fühlte mich wie ein Schlächter.

Es ging noch eine Zeitlang gut mit uns. Es passierte aber auch nichts besonderes. Wir trafen uns eben. Keine Krise, kein Zerwürfnis. Eines Tages rief Regina an, wollte in ein Konzert, ich war mißlaunig, Regina wurde sauer und fragte:

– Was ist? Gehen wir jetzt noch zusammen oder nicht mehr?

– Nein, nicht mehr, sagte ich.

Und das war es dann auch. Meine Depression hinterher hatte überhaupt nichts mit Regina zu tun, nur damit, daß alles kam, wie es kommen mußte, daß ich mich getrieben fühlte, ohne zu wissen, wohin und warum.

Auf diesen Festen wurde immer zuviel getrunken. Wir wußten schon vorher, daß wir am nächsten Tag einen Brummschädel haben würden. Der rote, perlende Lambrusco schmeckte gut, angenehm süß, so gar nicht richtig nach Alkohol, und plötzlich war einer besoffen, ohne vorher was gemerkt zu haben. Wenn Mädchen zuviel hatten, fingen sie meistens zu weinen an, und niemand wußte warum, sie selber auch nicht. Manche kriegten es wenigstens noch früh genug mit, legten sich hin, gingen aufs Klo oder verließen das Fest. Andere saßen einfach nur apathisch da, beugten sich schließlich nach vorne, ließen es zum Mund rausfließen, und am Boden war ein großer See aus roter, säuerlicher Kotze. Zwei, drei waren dann aber immer noch fit, machten sofort die Musik aus, Licht an und begannen, die Sauerei aufzuwischen. Jetzt war es Zeit, nach Hause zu gehen.

Manfred war der einzige, der sich mit Wein ein bißchen besser auskannte und wußte, daß auch ein solcher Lambrusco nicht mehr echt sei, sondern aus Bananenschalen und ähnlichem Zeug gemacht würde. Natürlich stand auf dem Etikett nichts dergleichen. Es gebe aber einen ganz einfachen Trick, um festzustellen, ob der Wein in Ordnung sei. Man müsse die Flasche oben zuhalten und schütteln. Ein rosa Schaum bilde sich. Bei einem guten Wein sei der Schaum in Nullkommanichts wieder weg. Bei schlechtem Wein halte der sich minutenlang. Wir probierten das alle durch, bevor wir die Flasche ansetzten. Es stimmte, der Schaumabbau war wirklich von Flasche zu Flasche vollkommen unterschiedlich. Aber offenbar hatten wir so richtig schlechtes Zeug nicht erwischt.

Conny stand damals ganz rechts außen, als Denzel das Signal zum Auffordern gegeben hatte. Ich wußte ihren Namen noch nicht, bemerkte nur angewidert, daß Hunzeck sich fast über sie warf. In dieser Hinsicht schien Hunzeck skrupellos, erst später wurde klar, daß er sich besonders ins Zeug legte, weil er schwul war. Hunzeck war es auch gewesen, der im Skilager in den Schlafsaal der Mädchen eindrang. Was er dort gemacht hatte, behielt er für sich. Er brachte jedoch ein Babydoll-Höschen mit und genoß die Spekulationen. In der zweiten Tanzstunde hatte ich mich zu Conny vorgearbeitet, sie hatte gewartet, deshalb schwänzten wir die dritte zusammen.

Ich hatte sie ins *Big Apple* eingeladen. Normalerweise ging ich nur ins *PN*. Das *Big Apple* war gepflegter, auch mehr auf gefällige Musik ausgerichtet, besser, um mit

Conny in Kontakt zu kommen. Beatles, Tremeloes, Beach Boys und sowas. Unten im *PN* saß Pit an der Kasse, gab die Bons aus, filterte die Leute ab – bist doch noch keine sechzehn, wa? und drückte den Tagesstempel auf die Hand, damit jeder rein und raus konnte. Ich war mindestens jeden Samstag da. Als ich einmal nicht gekommen war, fragte mich Pit beim nächsten Mal:

– Bist im Knast gewesen, wa?

Die meisten im *PN* waren Stammgäste. Ein Bedürfnis, sich näher kennenzulernen, gab es nicht. Jeder war für sich und wollte es bleiben. Eva kam jeden Samstag so gegen sechs Uhr. Trug einen kurzen Faltenrock und meistens eine helle Bluse. Kam mit schnellen, energischen Schritten rein, gehetzt und speedy von Anfang an, als gelte es, keine Zeit zu versäumen, hängte ihre Tasche an einen der Haken über den kinoartigen Sitzen, nahm die Bürste raus, lief an der Theke vorbei, bestellte sich ein Whiskycola, ging auf die Toilette, kam mit nach hinten toupierten Haaren wieder raus, hatte eine Zigarette im Mund, nahm tiefe Züge, pflückte sie nach jedem Zug mit gespreizten Fingern vom Mund ab, steuerte ihr Whiskycola an, legte den Bon auf die Theke, nahm einen Schluck, ging dann zur Tanzfläche, stellte den rechten vor den linken Fuß, wiegte sich vor und zurück, drehte sich manchmal oder machte Tanzschritte, die sie immer wieder zum selben Platz zurückführten, nahm zwischendrin wieder einen Schluck, klopfte sich wieder eine Zigarette heraus oder toupierte nach – und so den ganzen Abend lang, ohne daß sie irgendwas anderes getan oder gewollt hätte. Wenn sie dann doch mal zum Tanzen aufgefordert wurde, ich versuchte es einmal, tanzte sie nur einen Tanz, dann sagte sie: Tschüs! und lief wieder zu ihrem Whiskycola und ihrer Tasche. Ich hätte gerne gewußt, was in ihr vorging, aber auf dumme Fragen bekommt man eine dumme Antwort, ich saß ja selbst jeden Samstag dort unten, ohne daß irgendetwas anderes gewesen wäre als ein paar Biere und Musik. Draußen bekam man alles an Drogen, was in München gehandelt wurde. Drinnen saßen die Leute mit angesäuselter Birne, legten den Kopf auf die verschränkten Arme oder starrten vor sich hin. Heini, auch ein Stammgast, weiß der Teufel, was er genommen hatte, schien vor sich hin zu dösen, wachte dann plötzlich auf, schüttelte sich die langen Haare aus den Augen, sah unter Dope so blöde aus wie ein Walroß mit Perücke, kramte aus seiner Tasche einen Bon, holte sich ein Bier und döste weiter. Wenn er dann doch tanzte, alleine natürlich und Stunden später, stellte er sich irgendwo auf die Tanzfläche, blieb wie festgewurzelt stehen, winkelte die Arme ab, warf seine langen Haare im Rhythmus der Musik vor und zurück, zwanzig Minuten lang, bis eines der Stücke mit exzessivem Gitarrensolo zuende war, wie es Cream oder Creedence Clearwater Revival spielten.

Das *PN* war keine Diskothek, in der man Frauen anmachen konnte. Aber das war egal, das *PN* war ein Stück härter als die braven Diskos in der Gegend. Auch von der Musik her. Die Beatles wollte da niemand hören. Frank fragte mich, ob mir schon mal aufgefallen sei, daß Paul McCartney einen dicken Arsch bekommen hätte? Frank hatte recht, die Beatles hatten auch geistig schon einen irrsinnig dicken Arsch, waren schon lange etabliert. Ginger Baker dagegen war ausgezehrt, ein Skelett, hatte alles in seine Musik reingepulvert. Ein Wunder, daß er es am Schlagzeug überhaupt noch so bringen konnte. Das war die Musik im *PN*. Franks Eltern waren ja ziemlich liberal und sagten, er könne hingehen, wo er wolle, schließlich sei er sechzehn. Nur nicht ins *PN*. Deswegen war das *PN* das einzig mögliche Lokal, in das wir gehen konnten.

Vor dem Spiegel dachte ich oft, wenn die Haare noch etwas länger wären und mir endlich auch Koteletten wachsen würden, könnte ich vielleicht auch aussehen wie Steve Marriott. Erzählte ich das unvorsichtigerweise jemandem, bekam ich zu hören, daß es allenfalls für den pockennarbigen Jan McLagan reichen würde. Wenn ich mich in ein Mädchen verliebt hatte, ging es auch immer um den Test, wie andere mich einstuften, ging es darum, wer ich wirklich war.

Es gab Freunde und Schulkameraden, die sahen definitiv beschissen aus. Trugen immer noch lange graue Hosen, im Sommer sogar noch kurze, die Haare grundsätzlich fettig, einen blöden Seitenscheitel, dazu eine Brille, die dauernd runterrutschte, Pickel, aber wie! waren Elektrobastler, photographierten, hatten Drehbleistifte mit besonders feinen Minen, interessierten sich für Naturwissenschaften, vor allem Himmelsphänomene, Erdbeben, Vulkane, und waren womöglich noch im Pfiffclub als Lokspäher. Kategorie drei! Dann gab es solche, die sahen normal aus, im Alltag meistens käsig, unauffällig, aber dann abends, wenn man mit ihnen zusammen wegging, trugen sie plötzlich enge Cordjeans, weiße Socken und halbhohe Clarks, die Haare anders gekämmt, auch den roten Pickel mitten auf der Backe hatten sie irgendwie weggekriegt, und ich konnte nicht mehr sicher sein, ob ich sie im Zweifelsfall würde niederhalten können. Und es gab solche wie Frank, Goldner und Schaff, die sahen einfach gut aus, ihr Typ ließ sich direkt auf ein Vorbild zurückführen. Ein Glück, wenn man sie zum Freund hatte, denn die Mädchen, die sie kennenlernten, kamen beim ersten Mal nie alleine, sondern brachten ihre Freundin mit. Zuerst zu ihrem Schutz, später wurde die Freundin lästig, und sie waren froh, wenn sich die zweite Garnitur verdrückte. Bei solchen Konstellationen kam aber nie die Wahrheit heraus, ich blieb immer an denselben Zweifel gekettet: Bin ich dick, dünn, doof, häßlich, langweilig oder was? Was kann ich kriegen, was steht mir zu?

Beim Sprachkurs in England war es zunächst Patsy. Ich hatte sie in der Diskothek ausgemacht. Patsy war zwei Jahre älter, ich ging also schon als Achtzehnjähriger durch. Patsy war aber eine Irin, und bevor sie sich von mir küssen ließ, wollte sie erst meine Einstellung zu Kirche und Papst wissen. Patsy war eine Verirrung, die eine oder andere Stufe höher ließe sich durchaus erklimmen. Deshalb versuchte ich es gleich bei Gisela aus dem Parallelkurs. Gisela hatte langes, blondes Haar, einen Schottenmini und einen roten, knallengen Sexypulli. Vom Typ her so ein bißchen wie Marianne Faithful. Beim Tanzen merkte sie sofort, daß ich den neuesten Stil drauf hatte. Ich holte mir trotzdem eine Abfuhr. Aber das war irgendwie Schicksal, dagegen kam ich nicht an, denn sie war so hübsch, daß sie einen älteren Freund hatte. Sie fand mich schon nett, sagte aber, daß sie mit einem älteren Freund in jede Diskothek reinkomme und bleiben könne, so lange sie wolle. Das verstand ich auch. Ich war also irgendwo zwischen Patsy und Gisela, aber wo?

Um das herauszufinden, war ich mit Conny ins *Big Apple* gegangen. Wenigstens dieses eine Mal, denn dort waren Leute, die was voneinander wollten, jedes sechste Lied ein Schieber. Ich legte die Arme um Connys Hüften, und sie schlang die ihren um meinen Hals. Das war der ersehnte Moment der Klarheit. Sie wollte, allerdings nicht im *Big Apple,* wo sie den Rock, den ich ihr beim Tanzen zu weit hochgeschoben hatte, wieder nach unten zog.

Nach fünf Stunden war auch bei meinen Klassenkameraden das Interesse am Tanzkurs erlahmt. Für die meisten hatte sich die Sache ohnhin schon rentiert: Ulrich Russow hatte mit der hübschen Paulanererbin den großen Stich gemacht und paßte jetzt auf, daß sie nicht mehr in den Kurs ging, um ihre Beziehung nicht zu gefährden. Raimund Tatz prahlte, er sei mit Gaby praktisch verlobt, auch die Eltern hatten sich angefreundet, und so durfte er ihr mit deren Billigung unter den Rock fassen. Kniebig hatte sich entschieden, daß es noch zu früh sei, mit Weibern rumzumachen. Mit Boslmann im Augustiner einen zu saufen, war doch besser, zumal der Karten spielen konnte. Boslmann machte die Männerbündelei mit, obwohl er sich regelmäßig mit Helga traf. Auch Pollinger hatte jetzt eine Freundin und nahm regelmäßig Pastillen gegen Mundgeruch.

Streik

Das zehnte Schuljahr hatte mit einer Überraschung begonnen, Oberstudiendirektor Faller selbst hatte den Griechischunterricht übernommen. Faller spürte, daß ihm unsere Klasse, und mit ihr insbesondere die politisch aktiven Schüler wie Friedrich und Sigi, entglitten. Er suchte daher die Nähe zu seinen Problemfällen. In jungen Jahren war Faller ein scharfer Hund gewesen, glaubte an den gedankenklärenden Drill von Grammatik und Wortschatz. Seine Lehrbücher, die er in diesem Geist geschrieben hatte, waren an den Schulen weitverbreitet. Doch dann, Anfang der sechziger Jahre, als eine Diskussion um Curricula begann und die Ausbildung das Übergewicht über die Bildung errang, geriet das humanistische Erziehungsideal in die Krise. Früher waren wie selbstverständlich nur die Besten in das humanistische Gymnasium übernommen worden, dann sprossen plötzlich neusprachliche Zweige überall hervor, auch an altsprachlichen Elitestämmen. Die Altphilologen schlichen herum wie Seelenfänger und versuchten, aus jedem Fremdwort den Geist ihres Fachs herauszupräparieren. Zu preisen war besonders der Beruf des Apothekers, der anderen seiner lateinischen Fachterminologie wegen voranstand. Vom Zeitgeist überrumpelt und in die Defensive gedrängt, boten die Altphilologen ein armseliges Bild. Die schneidige Attacke stand ihnen besser an. So wie Dr. Häuber sie gerne führte, Dr. Häuber, das knarzende Schuhwerk ebenso blank gewichst wie das Gesicht glänzend.

–Warum lernen wir Griechisch, Pollinger?

–... wegen Fremdwörter und so, stammelte Pollinger.

Dieses Ungefähre war es, was Häuber auf die Palme brachte. Angeekelt verzog er den Mund.

– Steh auf, wenn du mit mir redest, Pollinger! schrie er.

Pollinger schoß feuerrot hoch. Häuber ging knarzend auf und ab.

– Die Fremdwörter kannst du auch im Lexikon nachschauen. Ob du je Griechisch lernen wirst – ich weiß es nicht! Aber andere tun es, weil wir ohne die Sprache dieses ersten wirklichen Kulturvolkes heute noch da wären, wo geistige Pygmäen deines Schlages hingehören: im Busch. Keine Philosophie, kein abendländisches Denken ohne Griechisch! Geht das nicht in deinen Kopf hinein? Fremdwörter sind doch nur ein Ausdruck, ein Reflex dieser geistigen Dominanz. Ist das klar, du Tiefflieger?

Der einzige Riß in Häubers geschlossenem Weltbild war, daß es nicht die Germanen waren, die in der Antike zuerst Griechisch und dann Lateinisch gesprochen und gedacht hatten. Häuber reklamierte diese Tradition für sich und mochte weder den modernen Griechen noch den Italiener. Daß beide mit ihren klassischen Vorfahren nichts mehr gemein hatten, dafür führte Häuber eine ganze Reihe von Evidenzbeweisen. *Stille Einfalt und edle Größe* könne er in keinem der Ausländergesichter mehr lesen, die ihm am Hauptbahnhof über den Weg liefen, wenn er zu seinem Zug gehe. Darüber hinaus sei, streng genommen, die heutige gesprochene Sprache in diesen Ländern eine Fehlentwicklung. Er selbst habe im Theater von Epidauros seinen Schülern auf der Abiturfahrt dreiundsechzig die ersten Verse aus der Odyssee zitiert, um die einzigartige Akustik zu demonstrieren. Umstehende Griechen hätten nichts, aber auch gar nichts von dem verstanden, was er vorgetragen habe. Wenn der moderne Grieche Homer spreche, wie ihm der Schnabel gewachsen sei, stimme kein Versmaß, aber schon hinten und vorne nicht mehr. Über das Italienische wolle er gar nicht erst reden. Man stelle sich vor: Tschäsar oder Tschitschero – lachhaft! Oder der Verlust des Neutrums, ja tatsächlich, der Italiener kenne kein Neutrum mehr, und Substantiva würden endungsmäßig nicht mehr dekliniert. Verlust des Ablativs! Undsoweiter undsoweiter, da könne man noch stundenlang so weitermachen.

Faller war anders, sein Unterricht gehorchte keiner Regel, war intuitiv, sprunghaft, seine Notengebung ebenso. Die wörtliche Übersetzung, sofern sie keinen klaren Sinn ergab, war nichts mehr wert. Traf ein Schüler das, was Faller für den Kern des Textes hielt, waren Grammatik und alles andere gleichgültig. Heute oben, morgen unten – Klassenarbeiten waren wie Achterbahnfahrten, so daß sich alle im Mittelmaß wiederfanden. Faller litt – ob es das Fehlen einer zwingenden Begabung unter seinen Schülern war, oder die drohende Bedeutungslosigkeit seines Fachs, oder einfach nur seine Herzschwäche, das war nicht klar. Der massige Mann stand vorne, wurde des öfteren bleich, schwitzte dann, hielt sich an der Tafel fest, schien Qualen durch jede falsche Antwort zu leiden. So waren seine Schulstunden mit zusätzlicher Bedeutung aufgeladen – ein vergebliches Anstemmen gegen einen nie genau faßbaren Untergang.

Sozialkunde hatten wir nicht von Anfang an, das kam erst später dazu. Hier hatten wir Prank. Oberstudienrat Prank stand kurz vor der Pensionierung. Seit jeher lehrte er Sozialkunde und Geschichte. In Deutsch setzte man ihn nur noch in Ausnahmefällen ein. Prank war zufrieden damit. Er hatte einen Umbruch vollziehen müssen. Es ging jetzt darum, Demokratie zu vermitteln. Im Fach Deutsch waren für ihn ähnliche Veränderungen nicht greifbar. Hier standen ihm die eigenen Lehrer immer noch vor Augen. Daß er hier nichts zu revidieren fand, bereitete ihm Unbehagen. Angekränkelt gab er sein Wissen weiter, und es war langweilig. Ganz anders in der Sozialkunde. Das Beflügelnde daran war die Aufgabe der Umerziehung. Pranks großer Moment war es, als er zu Beginn des Sozialkundeunterrichts das Grundgesetz aushändigte. Kostenlos zwar, aber nur gegen Unterschrift. Daraus machte Prank einen demokratischen Fahneneid.

– Niemand hier kann behaupten, er kenne die Verfassung der Bunnesrepublik Deutschland nicht. Hier, bitteschön, mit dieser eurer Unterschrift ist rechtsgültig: Ich, meinethalben: Raimund Tatz, erkläre hiermit, die Verfassung dieser Bunnesrepublik erhalten, zur Kenntnis genommen und verstanden zu haben. Niemand wird sich darauf hinausreden können, er sei nicht darauf hingewiesen worden. Hier mit dieser Klassenliste, die im übrigen aufbewahrt wird, ist es urkundlich festgehalten und beglaubigt. Ist das klar, Herrschaften? Ihr könnt sicher sein, daß ich im Verlaufe dieses Schuljahrs alles dazu tun werde, euch das Grundgesetz der Bunnesrepublik Deutschland einzutrichtern. Ist das klar?

Allerdings, mit dem Nachrücken des Fünfzigerjahrgangs in die Schule verlor der Umerziehungsauftrag an Leuchtkraft, erlosch schließlich und mit ihm die pädagogische Inspiration von Prank. Nun war also auch dieser Unterricht langweilig geworden. Prank lehrte nicht mehr das Neue, sondern das Alltägliche. Pranks massiger Schädel war zwischen die Schultern gesunken, einem Bernhardiner ähnlich tappte er durch die Gänge. Wann immer möglich, diskutierte er Spezialfälle. Hammelsprung? Ob schon mal jemand was vom parlamentarischen Hammelsprung gehört habe? Ja bitte, Friedrich!

Friedrich hatte, mehr andeutungsweise allerdings, wie für die Mittelstufe üblich, die Hand gehoben. Er habe einen Antrag zur GO.

– Hä, sagte Prank. Wie bitte?

– Einen Antrag zur Geschäftsordnung.

Friedrich hatte Organisationserfahrung, er war in der USSG, einer linken Schülergruppe.

– Gibt's nicht. Auf der Tagesordnung steht heute der Hammelsprung.

– Anträge zur Geschäftsordnung gehen immer vor. Oder gelten hier die Regeln der demokratischen Diskussion nicht?

Prank knurrte. Der Konflikt stand ihm ins Gesicht geschrieben. Ob Friedrich schon mal was vom Inkompatibilitätsprinzip gehört habe? Nichts, eben! Deshalb gelte es jetzt hier festzuhalten und zu notieren: Unvereinbarkeit bestimmter Ämter in einer Person. Stehe im Grundgesetz. Deswegen säßen wir hier. Solange er solche Sachen nicht wisse, bestimme er, Prank, hier die Tagesordnung.

Friedrich blieb unbeeindruckt. Das sei jetzt vollkommen irrelevant. Er würde jetzt seinen Antrag zur Geschäftsordnung stellen. Und zwar: Abänderung der Tagesordnung und sofortige Diskussion über die Notstandsgesetze.

– Können Sie dazu bitte abstimmen lassen.

Irrelevant! Daß er solche Worte und dazugehörige Sprachregeln beherrschte, bewunderte ich an Friedrich. Neulich hatten wir uns, ein paar aus der Klasse, getroffen, um über eine neue Schülerzeitung zu diskutieren. Friedrich gab dem zusammensitzenden Haufen Form und Inhalte vor. Das ging Ruckzuck und war dann eine konstituierende Sitzung. Taschenspielertricks unterstellte ich, eifersüchtig, weil ich einfach nicht zum Zuge kam, wenn Friedrich wieder einmal etwas Neues aus dem Zylinder zog. Versammlung ist eröffnet, erstens: Diskussionsleiter wählen, Vorschläge, Abstimmung, zweitens: Wer schreibt Protokoll? drittens: Tagesordnung, Vorschläge, Abstimmung, viertens: Rednerliste gilt, wenn nicht fünftens: Antrag zur GO geht vor. Demokratie ist Mehrheitsbildung. Die Mehrheit hat recht, Diskussion, Information und Abstimmung sind neutral immer gut, die eigene Meinung ist eine Notwendigkeit, ist jedoch durch autoritäres Gehabe gefährdet. Sachautorität ist ein Spezialfall, der hier nicht zur Diskussion steht: Abstimmung! Stop! Antrag zur Geschäftsordnung! Neu denken und reden lernen. Ich versuchte es, aber das Schwierigste blieb immer noch, nicht rot zu werden.

Später wurde es besser, ich hatte gelernt, wie die Dinge formal am Laufen gehalten werden konnten. Als auch die Gewerkschaft angefangen hatte, sich um die Rebellion der Jugend zu kümmern, war ich als Schülerzeitungsredakteur aufgerufen, einen Ring Münchner Schülerzeitungen mitzubegründen. Wir saßen in einem Tagungsraum im Gewerkschaftshaus an der Schwanthalerstraße und hatten alle Getränke frei. Einer, den ich auf einem SPD-Wahlplakat schon mal gesehen hatte, schaute kurz herein und sagte, wir sollten nur so weitermachen. Ich hatte die ganze Zeit schon einen roten Kopf, weil ich überhaupt nicht begriff, was der ganze Scheiß eigentlich sollte und warum man uns mit Freundlichkeit zukleisterte. Eine zentrale Clearingstelle für gemeinsame Aktivitäten brauche man, hieß es, Koordination der unterschiedlichen Interessen, hier im Haus mit Büro und Telephon und so weiter ansässig, auch Anzeigen könnten da eingefädelt werden, Austausch von Erfahrungen, auch praktisch natürlich mit Hilfestellung von Kollegen für Layout und Druck, Archiv und eigener Pressedienst würden aufgebaut, alternativ, für Gegenöffentlichkeit. Das war alles in Ordnung, trotzdem war an der ganzen Sache etwas faul, die wollten ja auch irgendwas. Um das rauszukriegen, hielt ich einfach mal dagegen und sagte, daß man das Ganze ja auch woanders machen könnte, warum eigentlich hier? und daß das mit der Satzung ein beschissener bürgerlicher Formalismus sei. Die jungen Gewerkschaftler wurden ganz heftig, schrien mich an, daß solche Radikale immer versuchten, eine gemeinsame Plattform zu sabotieren. Ich erwiderte, daß ich hier fehl am Platz sei, wenn man die Grundsatzfragen nicht mehr stellen dürfe. Deshalb würde ich jetzt den Raum verlassen, und wer dies auch so sehe, solle mitkommen. Es waren immerhin zehn. Wir setzten uns in einen Nebenraum und diskutierten weiter. Mit einem Forderungskatalog kamen wir zurück, wurden aber nach kurzer Redezeit abgeschmettert. Zum zweiten Mal forderte ich dazu auf, mit mir den Raum zu verlassen, denn was hier laufe, sei pure Repression. Zwei gingen mit hinaus. Ich sagte, ich hätte jetzt die Schnauze voll, wolle aus dem Gewerkschaftsbau hier raus, ob wir drüben im *Grünen Baum* noch bei einem Bier weiterdiskutieren wollten? Hubert und Rolf sagten, sie könnten jetzt sowieso nicht mehr, ihr Zug nach Oberschleißheim gehe gleich, gaben mir aber ihre Adresse und bestätigten nochmal, daß ich voll recht gehabt hatte. Ich war froh, als sie weg waren. Wenn sie wirklich geblieben wären, was hätte ich später mit ihnen anfangen sollen? Sie mit nach Hause nehmen, ihnen meine Platten vorspielen? Allein der Gedanke daran war abwegig, ich kannte sie ja gar nicht, auf so einer Ebene jedenfalls nicht, und es wäre womöglich alles ziemlich peinlich geworden. Außerdem fühlte ich mich irrsinnig gut, daß ich die

Sache heute so hart durchgezogen hatte, ohne Kompromiß, ganz alleine, und daß ich es so mit nach Hause nehmen konnte.

Man dürfe nicht nur eine eigene Meinung vertreten, sondern müsse auch dafür kämpfen, daß andere eine abweichende äußern könnten. Kornblum nannte dies das Kantsche Sittengesetz der Demokratie. Kornblum gab Deutsch und stand immer auf Seiten der Aufklärung. Er war nett, dazu sensibel und versuchte, vor allem seine Passion, die Lyrik, den Schülern nahezubringen. Kornblum sah keine Front zwischen Lehrern und Schülern, vernünftige Menschen müßten doch miteinander umgehen können. Vernunft sei übrigens noch gar nicht so alt.

– Kennt ihr das, pardon: Kennen Sie das? Geben Sie Gedankenfreiheit, Sire!

Kornblum sah sich um.

– Niemand? Ist das möglich?

Aufklärung, darüber müsse man Bescheid wissen. Na gut, er versuche, das nachzuholen. Ein bißchen jedenfalls. Rousseau, Naturrecht – klingle da nichts? Mein Gott, die gesamte Aufklärung ein einziges schwarzes Loch. Apropos Aufklärung! Wer denn hier regelmäßig Zeitung lese? Was, nur die Hälfte? Und *Die Zeit*? Ob jemand *Die Zeit* lese, die Wochenzeitung? – Niemand! Das sei ja niederschmetternd. Er lese sie jede Woche. Da werde ausführlich und mit Bedacht analysiert. Man müsse sich doch informieren, das sei doch eines der Grundprinzipien der Aufklärung. Kornblum seufzte. Na gut, er werde zusehen, daß sich vielleicht ein Schülerabonnement organisieren lasse.

Für die Lyrik unterzog sich Kornblum jeder Mühe. Schleppte ein sperriges Tonbandgerät mit großen Lautsprechern in die Klasse, um Chopin und Bach vorspielen zu können, so daß Hesse-Gedichte anschaulich werden konnten. Trug dann zur Musik, passagengerecht, das Gedicht vor. Hielt das Buch dicht vor die Augen, gestikulierte, legte den Kopf schief, lächelte, überließ sich verträumt dem Text, wurde dann wieder dramatisch und gab stimmlich-mimetisch, was er zu geben hatte: maunzte und raunzte vor allem, je nachdem, was das Gedicht ihm abverlangte, ging in die Knie, huschte durch die Reihen, um sich ganz hinten wieder aufzurichten. Kornblum war so eins mit seiner Lyrik, daß ihm niemand zu sagen wagte, außer ihm habe kein Schwein Interesse. Aber Kornblum war eben zu nett.

In der Mitte des Schuljahrs kam ein großer Tag. Warum, das wußte niemand, aber Kornblum stand die Hochstimmung von Beginn an ins Gesicht geschrieben. Er holte aus seiner voluminösen Tasche ein Buch hervor, das in einen ledernen Schutzumschlag gehüllt war. Schillers *Glocke*, sagte Kornblum. Ja, heute sei es soweit: Schillers *Glocke*. Eine Ballade ohnegleichen, in ihrer Stoffülle von geradezu epischer Breite. Schülergenerationen hätten einfach nur auswendiggelernt. Er werde sich, man kenne ihn ja, bemühen, das Wunderbare, ja Großartige dieses Gedichts herauszuarbeiten. Dann erst, wenn man es verstanden, ja es zu lieben begonnen habe, dann erst werde auswendiggelernt. Das bedeute Mühe, zweifellos, aber es lohne sich. Er könne heute noch das gesamte Gedicht auswendig vortragen, was er auch gerne hier tue, und sei es auch nur, um zu zeigen, daß den Schülern tatsächlich nur das zugemutet werde, was man sich selbst auch zumute.

Friedrich erhob sich in der nächsten Stunde und sagte, er habe Kornblum etwas im Auftrag der Klasse mitzuteilen. Man habe diskutiert und einen Beschluß gefaßt.

– Nur zu! sagte Kornblum. Ist doch in Ordnung! Wo ist

das Problem? Bei mir herrscht Gedankenfreiheit, Sir Friedrich.

Ja nun, wie gesagt, stopselte Friedrich herum, man habe, wie gesagt, diskutiert und abgestimmt, daß es genüge, wenn er, Kornblum, die *Glocke* auswendig hersagen könne und die Klasse zur – seinethalben: ersten Schülergeneration gehöre, die die *Glocke* nicht mehr könne. Aber man sehe einfach nicht, was es bringe, ein so langes Gedicht stur auswendig zu lernen. Das sei eine Arbeit ohne Sinn und Verstand, es genüge doch, das Gedicht zu lesen, und auch später habe man es überall zur Hand, wenn man wirklich mal wieder die *Glocke* durchsehen wolle.

Kornblum wurde bleich, setzte sich auf das Pult und ließ das ledergebundene Buch auf die Oberschenkel herabsinken. Spitzmäusig geworden, fragte er leise, ob es wirklich der Klassenbeschluß sei? Niemand sagte etwas. Sein Erschrecken war nicht gespielt, und wir trugen schwer daran. Hätten wir Kornblum nicht doch den Gefallen tun sollen! Ob das Ganze nicht auf freiwilliger Basis geregelt werden könne? fragte Hunzeck. Nein, nein, schüttelte Kornblum den Kopf, entweder oder! Die Klasse könne das jetzt nochmal diskutieren, er gebe eine Freistunde, fühle sich jetzt sowieso nicht wohl. Kornblum ging. Die Diskussion führte jedoch zu keinem anderen Ergebnis. Viele waren bereit, Kornblum einen Gefallen zu tun, aber niemand vermochte einzusehen, warum das Auswendiglernen notwendig war. Also wurde es Kornblum selbst anheimgestellt, ob auswendiggelernt werden müsse oder nicht. Man schätze ihn als Mensch und Lehrer. Kornblum winkte jedoch ab, er wolle keine Geschenke. An ihm sei es, seinen Schülern etwas zu geben, nicht umgekehrt, auch wenn es immer schwerer falle. Kornblum blieb angeschlagen bis zum Schuljahresende.

Prank hingegen kämpfte. Er knurrte abermals. Imponierend war, daß sich der schwerfällige Regelapparat der parlamentarischen Diskussion zu einer Waffe umfunktionieren ließ, wie Friedrich dies eben vorgeführt hatte.

– Ich warte, Friedrich, ich warte! Da fehlt mir noch was.

Prank verzog seine Hängebacken zu einem Lächeln.

– Mir auch, Herr 'fessor: die Abstimmung.

Und ihm die Begründung, erwiderte Prank. Anträge zur Geschäftsordnung seien generell begründungsbedürftig. Nachzulesen in der Geschäftsordnung des Deutschen Bundestags. Ob er nun das Plenum aufklären könne. Bitte sehr, Friedrich!

Friedrich stockte. Suchte die Argumente zusammen. Was er sagen wolle, sei, daß wenn die Gesetze verabschiedet werden würden, der Staat jederzeit Panzer gegen friedliche Demonstranten …

– Stop, Friedrich! Ich habe nicht um deinen Redebeitrag zur Sache gebeten. Deinen Antrag sollst du begründen: Warum sollen wir jetzt, in Abänderung der ursprünglichen Tagesordnung, über die Notstandsgesetze diskutieren?

So begann Prank die Sache wieder in den Griff zu bekommen. Er hatte die Hände auf dem Rücken verschränkt, den Kopf nach vorne geschoben, und schritt die Bankreihen ab. Die Reaktionen waren geteilt: Tatz, Kniebig, Boslmann und andere aus dem Kreis derer, die sich im Augustiner zum Stammtisch trafen, stießen sich in die Seite oder grinsten sich an. Unsere Schülerzeitungsrunde murrte.

– Genau, warum soll ma' überhaupt, rief Tatz. Überall werde jetzt schon diskutiert. Sie wollten einen ganz normalen Unterricht. Wem das nicht ausreiche, der könne sich ja mit den anderen nach der Schule treffen und diskutieren.

Ob das die Gegenrede zu Friedrichs GO-Antrag gewesen sei? fragte Prank.

– Logisch, es mag doch eh keiner, oder?

Friedrich war bleich und verkniffen geworden. Beim Reden benutzte er jetzt seine Handkanten, als ließe sich Widerstand durch das Spalten von imaginärem Holz brechen. Um den Eindruck des Botmäßigen zu vermeiden, stand er beim Sprechen nur halb auf, hatte gerade mal den Arsch hochgeschoben und drückte sich beidbeinig nach hinten gegen die Schulbank, um in dieser Stellung verharren zu können. Friedrich trug hohe schwarze Stiefel, schwarze Cordjeans, ein verschlissenes, braun gemustertes Hemd und darüber den für ihn obligatorischen Parka. Seine Haare waren so lang, daß sie sich hinters Ohr schieben ließen, allerdings einfach spaghettimäßig lang, heruntergewachsen in der Frisur mit dem tief angesetzten Linksscheitel, die er so, nur kürzer eben, schon in der ersten Klasse getragen hatte. Friedrich sprach Stakkato:

– Wenn reaktionäre Subjekte meinen, den Diskussionsprozeß demokratischer Willensbildung konterkarieren zu können …

– Ho-Ho-Ho-Tschi-Minh, Ho-Ho-Ho-Tschi-Minh, zischelte Kniebig hinein.

– Ich bin noch nicht fertig hier, schrie Friedrich. Herr Professor Prank, können Sie als Diskussionsleiter nicht dafür sorgen, daß ich zu Ende sprechen kann!

– Jetzt reicht's mir mit diesem Theater hier, Schluß, aus! Prank ging hoch.

Tatz, Kniebig, Boslmann und die Augustinerfraktion knöchelten.

Er habe hier als Vertreter des Lehrkörpers eine Fürsorgepflicht, dieser komme er nun nach und beende diese unsinnige Debatte.

– Ja, Berlenberg, was gibt's noch?

Lange hatte ich mit mir gerungen, hatte schon mehrmals

Worte auf der Zunge, hatte Sätze vorformuliert, aber bis ich mich ihrer sicher genug fühlte, war die Gelegenheit bereits wieder vorbei. Ich spürte rote Flecken auf meinen Backen, als ich mich erhob.

– Ich verstehe nichts von diesen Sachen mit Anträgen und Gegenrede und so, aber was Friedrich doch gesagt hat ist, daß wir über die Notstandsgesetze reden sollten, die gerade im Bundestag gelesen werden …

– … in zweiter Lesung verhandelt werden, Berlenberg!

– … also gut, jedenfalls meine ich, wo sollten wir sonst darüber reden, wenn nicht in Sozialkunde, und wir sollten einfach abstimmen, ob ja oder nein.

Friedrich und die anderen knöchelten ostentativ, Prank knurrte. Ich hatte mein Ansinnen so schülermäßig vorgebracht, daß Prank zwar beschloß, aus erzieherischen Erwägungen heraus dem Wunsch nach Abstimmung nicht zu willfahren, aber so ganz lehrermäßig die Sache in seinem Sinne umzumodeln. Prank sah auf seine Uhr. Die Bundestagsdebatte werde immer noch übertragen. Beim Austausch der Argumente könne man nur dazulernen. Wir sollten uns jetzt erheben, geordnet und ruhig das Klassenzimmer verlassen und hinunter in den Fernsehraum gehen.

Friedrich nahm mich beim Hinuntergehen beiseite.

– Dein Redebeitrag war o.k., auch wenn das jetzt total beschissen läuft …

– Wieso?

Das Gesetz werde durchgepeitscht, alles andere sei Verschleierung. Sogar die Debatte selbst. Bestimmte Fragen, wie er meine: grundsätzliche, dürften dort gar nicht gestellt werden. Deshalb wäre es besser gewesen, wenn er die reaktionären Scheißer da in der Klasse noch hätte agitieren können.

– Verstehst du? Also dann, ich hau jetzt ab!

–Was machst du denn, wieso gehst du jetzt?

Sie würden ein Flugblatt schreiben. Man müsse das alles mal aufdecken und die Namen von denen nennen, die hier in diesem Bau Diskussionen verhinderten. Heute abend sei Jour fixe, ob ich denn auch komme?

–Weiß noch nicht!

Ich ging nach unten. Auch die letzte Stunde fiel dann aus und stand für die Übertragung der Debatte zur Verfügung. Jetzt plötzlich auch die Turnstunde! Katzer und Moritzke, die alten Schinder, hatten resigniert. Sagten nun zu allem ja. Was hatten uns diese Schweine früher gequält!

– Erste Riege? schrie Katzer.

– Angetreten! gab Riegenführer Blunsing zurück.

– Zweite Riege?

– Angetreten!

– Dritte Riege?

– Angetreten!

Jetzt kamen sie, die Parias, der Abschaum, die Hasenzähnigen, die Dicken, die Buckligen, die Hühnerbrüstigen, die Biafraärmchen, die Kohlohrigen, die Kleinen, die Mehlsäcke, die Schlappschwänze, Trommelbäuche, Träger von schnapsglasdicken oder einäugig verdunkelten Brillen, denen das Hemd aus der Hose hing, die keinen Turnschuh binden konnten, nie auf einer Linie standen und immer durcheinander, weil sie die Reihenfolge vergessen hatten. Katzer schritt, die Trillerpfeife im Mund, die Reihen der Seinen ab. Blunsing, erster der ersten, freute sich auf die rituelle Schlachtung der vierten Riege. Katzer mochte nur den sehnigen Knabenleib, der schon Muskulatur aufwies, und haßte das Teigig-Kindliche, den Babyspeck. Katzer stand vor Braun. Braun, dem Mops. Braun, dem Arschloch. Weil er stolz war, Führer der vierten Riege zu sein. Braun grinste. Er grinste immer, wenn ein Lehrer vor ihm stand. Zwanghaft. Katzer beugte sich herunter.

– Vierte Riege? flüsterte er. Katzer faßte die Trillerpfeife nur an, wenn er sie in den Mund steckte. So redete er einfach los. Die Pfeife fiel dann heraus. Jetzt hing sie am schwarzen Band baumelnd vor Braun.

– Angetreten, grinste Braun.

Katzer hatte sich bis auf Brauns Kopfhöhe herabgebeugt und wandte nun, scheinbar freudig überrascht, den Kopf nach links, deutete an, daß er gutwillig alles aus Brauns Perspektive zu sehen und anzunehmen bereit war. Doch dann runzelte er die Stirn, drückte Zweifel aus, schien noch mit sich zu ringen, schüttelte dann aber den Kopf.

– Es tut mir leid, Braun, aber ich sehe keine Riege …

Braun grinste panisch. Katzer war hochgeschnellt und stand jetzt gerade, sich emporreckend.

– … ich sehe nur einen Sauhaufen, brüllte er.

Jetzt lachte Blunsing, und mit ihm die erste, zweite und auch die dritte Riege. So angeprangert, der Aufmerksamkeit aller ausgeliefert, wurden die Mitglieder der vierten Riege als Kretins vorgeführt. Braun grinste, zeigte sein silbermetallenes Spangengebiß, Pollingers Gesicht leuchtete rot, der kleine Berz, mit offenem Mund und schreckensweiten Augen, stand starr und wünschte sich fort; um seine Kleinwüchsigkeit in Groteskerie umzudeuten, war Bieritz neben ihn gestellt, Bieritz, der lange Lulatsch, der ab der Hüfte aufwärts alles hängen zu lassen versuchte, um sich kleiner zu machen, und das Ende der Reihe bildete Rindfleisch, über die Maßen dick wegen eines Hormonschadens, heute barfuß. Katzer lief nach hinten durch, zerrte den einen vor, stieß den anderen zurück, drehte sich neben Rindfleisch um, zeichnete mit ausgestreckter Hand wie mit einem

Messer eine gedachte Linie auf den Boden, so scharf, daß Rindfleisch die Zehen einzog.

– Ich sagte: In einer Linie antreten! Diese Linie muß man spüren, als sei sie eingebrannt! Braun!

Braun grinste.

– Was ist mit dem Felgaufschwung?

Braun schaute nach vorne. Vor jeder Riege war ein Reck aufgebaut. Dahinter, haarscharf mit dem Bodengestänge abschließend, lagen Matten.

– Blunsing, zeig den Felgaufschwung!

Blunsing trat an das Reck, schloß die Beine so eng aneinander, daß kein Papier mehr durchgepaßt hätte, legte die Hände um die Reckstange und schwang mit vorgespreizten Zehen mühelos auf, hielt sich oben körperlos-entspannt, fügte ungefragt den Umschwung an, präzise, parallel zum Bodengestänge wieder in den Halt kommend und sprang dann mit einfachem Salto ab in den Stand, die Brust nach vorne wölbend und die Finger der ausgestreckten Hände nach oben.

– Hervorragend, Blunsing. Alles klar, Braun?

Braun nickte.

– Bieritz, Pollinger zur Hilfestellung!

Die beiden waren gerade beim Reck angekommen, da war Braun bereits losgerannt. Er versuchte es mit Anlauf, bekam die Stange zu fassen, sein Körper wurde weit nach vorne gerissen, zu weit, er versuchte dabei dennoch die Beine hochzustrecken, um sich aufschwingen zu können, hing eine Weile in der Luft, dann setzte mit Macht der Rückschwung ein, Braun pendelte zurück und schlug hart mit den Fersen auf dem Boden auf. Er hing in Sitzstellung unter dem Reck. Das war's.

– Laß es, Braun! Mach wenigstens den Knieaufschwung. Ein paar Punkte bringt's auch.

Braun hängte das linke Bein über die Stange, das rechte streckte er hoch. Das Blut floß nach unten, und sein dicker Kopf färbte sich rot. Mit dem rechten fing er an, Schwung zu holen, pendelte vor, pendelte zurück. Katzer sah ungerührt zu. Mir tat es weh. Dennoch sagte ich nichts, weil ich mich nicht traute. Leute wie Blunsing waren Meinungsführer, und die fanden das lustig. Braun hing schwer am Gerät, nur die Angst hinderte ihn, einfach loszulassen. Das Hin und Her scheuerte die Kniekehlen wund, die Schläfenadern schwollen an, und er kam dennoch nicht hoch. Katzer hätte abbrechen müssen. Braun holte einen letzten verzweifelten Schwung, erklomm die Stange, hatte wohl feuchte Hände und konnte sich nicht oben halten, fiel einfach vornüber, ließ sich fallen, krachte seitlich auf den Boden, den Arm voraus.

– Das nenn' ich Körperbeherrschung. Wie ein nasser Sack.

Braun blieb liegen, stöhnte.

– Guten Morgen, Braun! Aufstehen!

Braun erhob sich, hielt seinen Arm vor. Der Unterarm hatte einen leichten Knick.

– Der is' ab, sagte Braun in einem Tonfall, als habe er Vollzug zu melden.

Katzer bekam sich schnell in den Griff.

– Bieritz, Pollinger! Wofür habe ich eine Hilfestellung? Vor euren Augen fällt er vom Reck, und was tut ihr? Dazu sprechen wir uns noch, das hat Folgen! Los, komm mit Braun!

Braun trottete hinter ihm drein zur Ersten Hilfe. Braun, das Arschloch, grinste schon wieder, war stolz auf seinen Unfall wie auf eine Heldentat.

In der Mittelstufe änderte sich das Bild. Blunsing war endlich durchgefallen, Schüler wie Friedrich konnten und wollten weder Fußball spielen noch Geräte turnen. Friedrich bezeichnete den Barren als Kastriermaschine. Es sei ihm scheißegal, ob er im Turnen eine Sechs habe. Als Turnlehrer hatten wir zeitweilig Kruzik. Kruzik war ein Junger, der aus der Tschechoslowakei rübergekommen war. Er versuchte zu fraternisieren und erzählte Geschichten, wie er damals in der Feldhockey-Nationalmannschaft mitgespielt habe. Das war aber eher ein Minuspunkt und half ihm auch nicht mehr. Er bekam den Barren genauso über Kreuz aufgestellt wie andere auch. Kruzik forcierte und wartete mit Schilderungen auf, wie ihm der KGB auf den Fersen sei. Friedrich sagte, das seien Schauermärchen aus der Zeit des Kalten Krieges. Nun verlegte sich Kruzik auf das Anschwärzen von Kollegen. Sagte, er habe den Deutschreferendar Hering mit unserer Sekretärin im Park getroffen. Oder, daß dem Kollegen Kornblum beim Lehrervolleyball der Sack aus der Turnhose hänge. Damit hatte Kruzik endgültig verschissen und war zum Charakterschwein geworden.

Seit Anfang des Schuljahrs saßen Friedrich und Sigi in einer Bank. Sigis Wechsel zur USSG im letzten Jahr war eine Überraschung. Damit war nicht zu rechnen gewesen. Wenn Sigi bislang aufgefallen war, dann dadurch, daß er auch vor dem Peinlichen nicht zurückschreckte. Im Lateinunterricht erzählte er, sein Vater nehme jedesmal nach dem Essen die Salatschüssel an sich, um die Soße auszutrinken, und das mit dem Spruch: *Quod licet Iovi, non licet bovi.* Aber nun, eines Tages, stand Sigi plötzlich mit einer Tasche voller Bücher da und wollte Che Guevaras Episoden aus dem Revolutionskrieg und Mao Tse Tungs kleine rote Fibel verkaufen. Sigi hatte es schwer, Friedrich war das Original, er das Imitat. Niemand begriff, daß auch Sigi was durchfocht. Seine langen Haare, seine Schmuddelkleidung, die hohen schwarzen Stiefel und das, was er Friedrich voraus hatte, seine unbürgerliche Brille, ein mit Tesa geklebtes Krankenkassengestell.

Tatz schlug sich in der Pause im Rauchereck eine – logisch, oder? – BH genannte *HB* aus der Schachtel, ein kurzer, trockener Feuerzeugknips, und schon ging der erste gewaltige Lungenzug. Tatz zeigte feixend mit eingeklemmter Zigarette auf Sigi, der sich mit Zigarettenmaschine und *Schwarzer Krauser* eine Selbstgedrehte fabrizierte. Immer zu hart.

– Gesicht wie ein Streuselkuchen, auch sonst ein Arschloch. Gehst eben in die USSG, logisch, oder? Wo kriegst sonst die Weiber her, weil dene graust's vor nix, griente Tatz.

Sigi begann, einen libertinen Zug nach außen zu kehren. Berichtete von Sitzungen, auf denen er mit den Genossen nichts anderes getan habe, als Phalli aus Papier zu drehen. Sei unheimlich lustvoll gewesen. Außerdem bezeichnete sich Sigi als Anarchisten. Stellte gerne ein großes Schild vor sich auf, auf dem stand: Dachverband bayerischer Anarchisten. Sigi freute sich, wenn jemand Anstoß daran nahm. Gerne erläuterte er dann, daß Anarchie nicht etwa Unordnung heiße. Sondern Abwesenheit von Herrschaft. Man habe hier ja Griechisch gelernt. Einfache Übersetzung genüge: Ohne Herrschaft. Typischerweise hielten das alle für Unordnung. Diese Ideologie springe doch ins Auge. Er sei dafür, Herrschaft abzuschaffen, und zwar vollständig. Dafür kämpfe er.

Eines Morgens kam Faller in das Klassenzimmer und hielt einen tragbaren Plattenspieler unter den Arm geklemmt. Er stellte ihn vorne auf das Pult, klappte den Verschlußdeckel nach oben, womit der Lautsprecher auf die Klasse gerichtet war, und zog eine Platte aus seiner Ledermappe. Die *Apologie* des Sokrates, gesprochen von Werner Krauß. Faller hob nur die Hand und gebot so Schweigen. Ich legte mich erleichtert vornüber auf die Bank. In Fallers Stunde galt es, jedem seiner Gedankensprünge zu folgen. Unaufmerksamkeit bestrafte er noch härter als Dummheit. Dabei arbeitete er nicht mit Verweisen, Arresten oder Strafaufgaben, er ignorierte die Betreffenden auf so schmerzliche Weise, winkte verächtlich ab, wenn sie sich wieder am Unterricht beteiligen wollten, um ihre Scharte auszuwetzen, behandelte andere auf so freundliche, interessierte und zuvorkommende Art, daß die Mißachteten schwer daran zu tragen hatten. Faller zog den Tonarm zurück und setzte ihn auf der Platte auf. Knistern, Knacken und Schlagen. Hinter diesem Geräuschvorhang erklang die Stimme von Werner Krauß. Faller ging nach hinten, setzte sich und schlug die Hände vor das Gesicht. Konzentration, ja Pietät war angesagt. Ich lag auf der Bank und drehte Haarbüschel ein, als mir Hunzeck von hinten her die Finger in die Rippen stieß. Ich fuhr herum, Hunzeck grinste und deutete mit dem Kopf auf Sigi. Sigi hatte die Augen zusammengekniffen, so daß ihm die Brille über den Brauen stand, er sah aus, als hätte er Bauchschmerzen: schmallippig, das Gesicht verzerrt. Der Oberkörper schien zu vibrieren. Dann erst sah ich, daß Sigi seine rechte Hand in der Hosentasche heftig auf und ab bewegte. Nähmaschinenartig.

– Da schau dir diese Drecksau an, flüsterte Hunzeck.

Sigi hörte wieder auf. Er konzentrierte sich neu. Hunzeck hatte inzwischen seine ganze Umgebung auf ihn aufmerksam gemacht. Dann ging es wieder los. Boslmann fühlte sich besonders angesprochen, feixte, als stehe alles unter seiner Regie. Boslmann trug im Fasching ein selbstbemaltes T-Shirt. *Treiben Sie Sport? – O na nie!* Sigi kämpfte. Lustprinzip, sagte er später. Wenn ihm langweilig sei, onaniere er eben. Es sei ihm scheißegal, wenn andere zuschauen würden.

Geräuschvoll hob sich der Tonarm, Faller stand auf und ging nach vorne. Ob Sigi jetzt was in der Hose hatte, war unklar. Faller hatte die Brille noch über den Augen auf der Stirne sitzen, war orientierungslos wie einer, der von weit her kommt, und versuchte, sich zu sammeln.

– Bitte alle Seite 19!

Fallers Augen schienen feucht. Er blätterte in seinem Buch und hob es vors Gesicht.

– Was wohl euch, ihr Männer von Athen, stammelte er und wiederholte, Männer von Athen …

Die Stimme versagte ihm, er brach daher ab und schaute hilfesuchend nach oben. Dann war deutlich für alle zu sehen, wie ihm die Tränen aus den Augen liefen. Er stand reglos da, die Zeit schien lang, er versuchte etwas zu sagen, undeutliche Worte um einen verständlichen Kern: … *gleich wieder* … herum und verließ das Zimmer.

Was wenig später kam, war eine ernste gesundheitliche Krise oder Resignation. Man hörte nichts Genaues. Egal, denn Faller stand schon längst zwischen allen Fronten. War wie ein waidwunder, alter Elefant. Vergaß nichts, nahm alles als Kränkung, verzehrte sich darin und bewirkte daher nichts, sondern behinderte nur mehr: die Kollegen am Durchgreifen, die Schüler in ihrer Entwicklung. Mitte des Schuljahres ersetzte ihn Häuber, alle atmeten auf, denn man war einer moralischen Last ledig. Häuber war grobmaschig gestrickt, knarzte zwischen den Bankreihen auf und ab und bleckte sein Gebiß.

– Jetzt wird aber richtig Griechisch gemacht.

Endlich wieder ein Gegner. Häuber brüllte die ganze erste Stunde hindurch. Quälte Pollinger, provozierte Friedrich und Sigi, hieß mich einen Schwätzer. Häuber behielt Distanz zu seinem Fach, die Entscheidung für oder gegen das humanistische Gymnasium war gefallen, und da war Stoff eben Stoff.

Es war ein frühsommerlich warmer Tag im Mai, als ich wie gewöhnlich kurz nach acht vor der Schule eintraf. Frank steckte mir ein Flugblatt zu und sagte, Friedrich sitze bereits im Direktorat. Wie das zugegangen war, wußte ich. Wie immer eben. Friedrich war um halb acht vor dem Haupteingang postiert gewesen und hatte aus seiner gewebten Umhängetasche Flugblätter gezogen, die er unter der Schülerschaft verteilte. Grüppchen bildeten sich daraufhin, die einen kicherten hysterisch, weil sie es aufregend fanden, daß die Schulautorität herausgefordert wurde, andere diskutierten, wieder andere bauten Papierflieger daraus, warfen sie in die Grünanlagen oder versuchten, das Lehrerzimmer im ersten Stock damit zu erreichen. Dreiviertel acht bildete der vor dem Haupttor stehende, dichtgedrängte Haufen eine respektvolle Gasse: Direktor Faller kam heraus, in der Linken hielt er das Flugblatt – er las, bevor er handelte –, ging ein paar Stufen hinab, nur so weit, bis Friedrich seine massige Gestalt nicht mehr ignorieren konnte, sagte nichts, winkte Friedrich mit dem Zeigefinger zu sich her, drehte wieder ab, und hinterdrein folgte Friedrich ins Rektorat. Bis zu diesem Zeitpunkt war es ihm gelungen, ein Drittel der mitgebrachten Flugblätter zu verteilen. Das genügte. Bis zur Pause kannte jeder Schüler den Text, durch Lesen oder Hörensagen. Wie es oben im Direktorat weitergangen war, erzählte mir Friedrich.

– Setzen!

Faller plazierte Problemfälle immer auf den Stuhl vor seinem Schreibtisch. Dort konfrontierte er uns mit der Bürde seiner Verantwortung. Er nahm die Brille ab und griff sich schmerzvoll in die Augen. Zu Friedrich hatte er dann gesagt, wir wüßten, daß das gelogen sei, was wir da in diesem Flugblatt geschrieben hatten. Der Kollege Prank habe die Diskussion nicht abgewürgt, er habe vielmehr die ganze

Klasse zur weiteren Fundierung des Themas in den Fernsehraum entlassen.

Friedrich hatte geantwortet, darum gehe es gar nicht, es gehe um das Grundsätzliche, daß es an dieser Anstalt nicht möglich sei, demokratisch kontrollierte Strukturen durchzusetzen. Imperatives Mandat, ein Rätemodell. Die Schülermitverwaltung sei doch der Hohn …

Faller hatte abgewinkt: Laß es, Friedrich, laß es! Sie hätten das schon mehr als einmal durchgesprochen. Er kenne seinen Standpunkt. Hier am Haus lasse sich was machen, weil er bereit sei, mit der gewählten SMV, aber nur der! zusammenzuarbeiten. Er, Friedrich, sei nicht gewählt, das wisse er!

Die gewählte SMV! Sie bestand eigentlich nur aus Ulrich Russow von der Parallelklasse, mit dem wir zusammen Religion hatten. Russow wurde immer gewählt. Er sagte vorher, ob er erster oder zweiter Schulsprecher werden wollte, und so wurde dann gewählt. Russow hatte ein gewinnendes Wesen und fand immer die richtigen Worte. Es war daher wirklich schwierig, ihn nicht zu wählen. Außerdem meinte er es gut. Nur Loidl, der Vertrauenslehrer, mißtraute ihm. Haßte ihn sogar. Russow würde mit seinem Rex-Gildo-Charme die Unterhosen jeder weiblichen Kaffeefahrtgesellschaft feucht kriegen, ihn seife er jedoch nicht ein. Loidl hatte sich in Rage geredet. Die Nummer einer Schülerzeitung war verboten worden, weil sie Sex zum Thema hatte. Russow sollte die zweihundert konfiszierten Exemplare wieder raushauen. Loidl fühlte sich in die Enge getrieben und keilte aus. Er hatte ausgeführt, daß es hot und cool Sex gebe. Hot sei das offen Erotische, das Stimulierende. Das sei zu verbieten. An der Schule jedenfalls. Cool sei das Sprechen über sexuelle Themen. Hier könne man durchaus etwas zulassen, auch an einer Erziehungsanstalt, in einem gewissen Rahmen natürlich. Russow sagte, er sehe da keinen Unterschied. Nur wer jenseits von Gut und Böse sei, könne das auseinanderhalten. Russow brachte sowas nie aggressiv vor, sondern immer freundlich. Erwachsene hatten bei ihm immer das Gefühl, daß dieser Jugend mit etwas mehr Verständnis geholfen wäre. Deshalb drehte Loidl durch. Und Russow erreichte nichts. Friedrich sagte, Russow sei ein Reformist und würde immer nur mauscheln. Natürlich mußte jemand Schulbälle organisieren und mit Mädchengymnasien verhandeln, damit auch genügend Frauen beikamen. Aber diese Aktivitäten wurden dann zum Beweis dafür genommen, daß es Mitbestimmung gebe. Gab es aber nicht über solche Spielwiesen hinaus. Deshalb sei Reformismus eine Verschleierung. Und kontraproduktiv. Faller hingegen mochte Russow. Wenn es ein Problem an der Schule gab, holte er ihn aus dem Unterricht zu sich. Faller klopfte nie an, sondern kam einfach rein, deutete auf Russow oder nannte seinen Namen, und beide verschwanden.

Friedrich hatte begonnen, im Konflikt mit Faller einzulenken, hatte das Persönliche an den Vorwürfen zurückgenommen und gesagt, es gehe ja nicht darum, was er oder andere als einzelne gutwillig täten. Es gehe um die Strukturen, um Mechanismen, ums Grundsätzliche eben. Wer an den Symptomen bastle, verschleiere nur. Friedrich hatte Brecht zitiert, die Zeit der Apfelbäumchen sei vorbei.

– Gib mir jetzt die Flugblätter!

Friedrich hatte ihm den verbliebenen Packen über den Tisch gereicht. Faller hatte ihn entgegengenommen und mit einer kurzen Bewegung auf den Tisch geworfen.

– Und weißt du, was mich am meisten ärgert?

Faller hatte die Brille aufgesetzt und auf den unteren Rand des Flugblatts gewiesen, das unübersehbare V.i.S.d.P. – Verantwortlich im Sinne des Presserechts. Das da: Nicht Friedrichs Name dort unten, sondern immer derselbe, hier: Michel Laser, ein dahergelaufener, schulfremder Agitator.

Repressionen seien ihm egal, meinte Friedrich trotzig, aber er sei noch nicht volljährig ...

– Feigheit, verstehst du, Feigheit ist das! Aber lassen wir das. Also hör mir zu, Friedrich Marquardt, Klasse 10a: Du weißt, daß die politische Betätigung an Schulen untersagt ist. Du bekommst einen Direktoratsarrest angedroht. Es wäre dein zweiter. Beim dritten fliegst du von der Schule.

– Ich weiß.

Faller war am Fenster gestanden und hatte nach unten geblickt.

– Das wäre also das! Du bleibst noch hier und gehst dann direkt in die Klasse, damit sich das da unten verläuft. Willst du einen Kaffee?

Zwei Tage später war die Aufregung vor dem Hauptportal ungleich größer: STREIK hatte jemand in weißer Farbe quer über beide Türflügel gepinselt. Friedrich hatte vorher schon Bescheid gewußt, hatte angekündigt, daß da bundesweit etwas geplant sei, was auch die Studenten schon mit Erfolg durchgezogen hätten. Schon draußen vor dem Schulgebäude wogten Auseinandersetzungen. Fast alle, soweit sie die neunte Klasse erreicht hatten, spürten das Bedürfnis, sich zu erklären. Nur ein paar wenige starrten schafsblöd auf das Portal, in der Hoffnung, daß es sich jetzt gleich öffnete und die Lehrer diesem Problem ein Ende bereiteten. Die Unterstufler genossen das sich anbahnende Chaos, jagten um die zusammenstehenden Grüppchen herum, warfen mit Schultaschen, spielten Ball und schrien. Ich sah das Treiben schon von weitem und näherte mich mit bänglicher Erwartung. Tatz, Kniebig und die Augustinerfraktion erwarteten mich mit höhnischem Grinsen. Deren Front stand. Mir war beklommen, nachdem ich die Aufforderung zur Verweigerung wahrgenommen hatte. Es war soweit! Eine Entscheidung für oder wider die eine oder die andere Seite war unumgänglich. Innerlich bettelte ich um Aufschub, wo doch heute morgen alles so gewohnt, so friedlich gewesen war. Sehnsucht, alles rückgängig machen zu können, ergriff mich, neidvoll musterte ich die Unterstufler. Warum war ich nicht krank oder aus irgendeinem anderen Grund zu Hause geblieben? Unordnung zog herauf, vielleicht mußte sogar ein Schritt in die Illegalität getan werden. Ich fühlte nur Zwang und sträubte mich.

– Schlecht geschlafen, oder? erkundigte sich Frank.

Ich ließ die Schultasche zwischen die Beine plumpsen.

– Wie sieht's denn aus?

Frank machte eine Kopfbewegung zu Friedrich hin, der heftig gestikulierend auf ein Grüppchen einredete.

– Und du? fragte ich weiter.

– Schon, oder? erwiderte Frank mit Achselzucken.

Natürlich wartete er jetzt auf das starke Gegenargument, das ihn dazu bringen würde, in der Schule zu bleiben. Aber woher sollte ich ein solches, noch dazu moralisch einwandfreies, nehmen? Außerdem, warum ich? Warum sagte Frank nichts dergleichen?

– Logisch, sagte ich, und Frank wendete sich ab.

Friedrich kam herbei, es war sichtlich sein Tag heute. Aufgeräumt haute er mir den Ellenbogen in die Seite und sagte: Rot Front, Genossen! Dann faßte er die Parolen des heutigen Tages zusammen. Friedrich war zackig und arbeitete mit den Handkanten.

Ich hätte ihm am liebsten eine runtergehauen. Die Zuversicht dieses Menschen tat mir weh. War geradezu naiv und vollkommen neben meinen Problemen.

– Wir gehen erstmal alle rein, klar? Sonst heißt es hinterher, wir hätten nur gefehlt und wären krank gewesen. Eine Abstimmung muß her, Zauderer und Hosenscheißer müssen nochmal agitiert werden, aber ansonsten keine Diskussion, kein Hinhaltenlassen, Viertel nach zehn heißt's: Aufstehen und raus, klar?

– Und wenn sie unten dicht machen?

– Geht nicht, wär' ja Freiheitsberaubung oder so. Das bringen die nicht. Anschließend gehen wir in die Uni ins Audimax. Heute ziehen wir's durch.

– Und wenn es keine Mehrheit gibt, wenn wir nur zu fünft oder sechst gehen? Ich meine, mir wär's egal, aber hinterher wirst du dann rausgegriffen und bekommst was aufgebrummt.

– Und wir sind die Blöden, ergänzte Frank.

Friedrich gab sich gewappnet.

– Mensch, Adrian, paß mal auf: Wir sind doch nicht die einzigen. Das Max, das Wilhelms, Luisen, Theresien – mit uns sind das allein schon fünf Schulen, die streiken. Was wollen die denn machen? Massenbestrafung, oder was? Einen Finger kann man brechen …

Ich wendete mich ab. Friedrich war unerträglich.

Die dritte Stunde war Religionsstunde. Natürlich wußte Herr Ränzler, was los war. Wie immer gab er zu verstehen, er sei eigentlich dafür, dürfe sich damit aber nicht zu erkennen geben. Ränzler liebte und lebte diese katholische Zwickmühle mit Inbrunst.

– Das Unfehlbarkeitsdogma ist doch Scheiß, oder? Ich

mein, daß der Papst alles richtig macht und entscheidet, wo er auch nur ein Mensch ist, sagte ich.

Herr Ränzler lächelte. Viel schlimmer, viel schlimmer! Inzest, Mord und Totschlag, Hurerei – alles sei schon dagewesen bei den Päpsten, und wie! Er sage nur mal: Borgia!

Ich meinte, ihn nun schon mit einer Grundsatzfrage stellen zu können: Warum er denn dann noch bei der Kirche sei?

Herr Ränzler freute sich diebisch. Weil es darum gar nicht gehe. Von ihm aus könne der Papst jeden Tag mit seiner Freundin ins Bett, darum gehe es überhaupt nicht. Das Unfehlbarkeitsdogma besage, daß der Papst in entscheidenden kirchlichen Fragen, also in solchen, wo die ganze Richtigkeit des Glaubens auf dem Spiel stehe, nicht irren könne, was aber ja nur eine Umschreibung dafür sei, daß die Kirche insgesamt, er meine: als Institution! wichtig und richtig sei. Und darum gehe es, um den Sinn dieses Dogmas, nicht um den Buchstaben.

Verdammte Scheiße, der Kerl war einfach nicht zu kriegen. Um ihm auf die Schliche zu kommen, hätte man wissen müssen, ob er selber auch eine Freundin hatte. Aber wenn man sowas andeutete, grinste er nur, legte den Kopf schief und wedelte abwehrend mit der Hand, um sein *Darum-geht's-nicht!* in den Raum zu fächeln. Aber selbst wenn, wie ging das dann? Lernt sie kennen, wo? in der Kneipe? beim Kolpingabend? egal, nimmt sie mit, Wohnung hat er ja, aber Nachbarn auch, so geht's schon los! o.k. schafft das also irgendwie, Türe zu, aber jetzt: Hosen runter! Und exakt da setzte es aus, weil es unter dieser schwarzen Hose nichts mehr gab, noch nicht mal eine Unterhose, geschweige denn einen Schwanz oder eine Erektion. Unvorstellbar bei Herrn Ränzler, absolut unvorstellbar.

So flohen die Gedanken, und gerne hätte ich mich ihnen angeschlossen, überall hin, nur weg von hier. Vorne stand Herr Ränzler, gab preis, was er preisgeben konnte, seine Stunde, zu freier Verfügung, zur Diskussion, was immer man heute Sinnvolles damit tun könne, sei ihm recht, nur bitte keine unüberlegten Handlungen, der Chef habe strikte Anweisung gegeben, harte Konsequenzen für einen Bruch der Schulordnung anzudrohen, selbst Dr. Bacher vom Ministerium habe heute früh angerufen und eine Preisgabe des Präsenzprinzips ausgeschlossen. Ränzler wand sich, verwies auf bürokratische Mächte hinter sich, heischte Verständnis und war ganz gequälte Kreatur im Sinne seines Glaubens.

Friedrich merkte, daß das schief zu laufen begann. Der Gegner betrieb seine Selbstauflösung.

– Was Sie da sagen, Herr Ränzler, ist defätistischer Scheiß. Im Dritten Reich haben sich auch alle immer auf Befehlsnotstand rausgeredet. Wir wollen eine Abstimmung über den Streik, alles andere ist irrelevant …

Ränzler wurde bleich, versuchte aber zu beschwichtigen, verwies darauf, daß man auch heute nachmittag noch in die Universität gehen könne, auf die Veranstaltungen dort.

Friedrich tat, was er tun mußte, sagte, er wolle jetzt den Streik begründen, redete einfach lauter, als Ränzler ihn zu unterbrechen versuchte, und hörte nicht mehr auf, las als Begründung für die Aktion das Flugblatt der USSG vor, das zweiseitig bedruckt war, so daß ein Ende seines Vortrags so schnell nicht absehbar war. Ränzler unterlegte Friedrichs Stakkato mit dem Hinweis, diese Schulstunde sei gesprengt. Er wirkte dabei erleichtert, fühlte sich wohler als Opfer denn als Täter, setzte sich in die letzte Bank, zog ein Buch heraus und tat so, als würde er Notizen machen.

Kniebig allerdings war rot angelaufen, Tatz hielt einen

schnell geschriebenen Zettel hoch, auf dem SCHNAUZE! stand, und Boslmann skandierte Ho-Ho-Ho-Tschi-Minh.

– Halt jetzt endlich den Rand, oder ich hau dir eine rein, schrie Kniebig.

Ränzler lächelte und machte dabei dämpfende Bewegungen mit der Handfläche, sagte nichts, meinte aber so vieles, daß es ihm gelang anzudeuten, er habe alles im Griff, sein Exil in der letzten Bank sei nur Verstellung, in Wirklichkeit verfolge er eine ganz andere Absicht. Kniebig jedoch fand's beschissen und eines Lehrers nicht würdig.

– Wenn du abhauen willst, dann verschwinde, daß endlich der Unterricht weitergeht!

Tatz patschte beifallspendend mit der flachen Hand auf die Bank, Boslmann war nach vorne getreten und begann, in großen Buchstaben RAUS! an die Tafel zu malen. Tatz griff es auf, rief mit der Hand patschend raus! raus! raus! und zog weitere Mitschreier hinter sich.

Friedrich hielt inne, sammelte sich kurz und brüllte dann: Der Unterricht wird ab sofort bestreikt. Ich fordere euch auf, die Streikveranstaltung in der Universität zu besuchen, halb elf, Audimax!

Ich erhob mich fast willenlos. Jetzt zu bleiben, nachdem die anderen dieses Kesseltreiben entfacht hatten, war unmöglich, die Augustiner hätten mein Bleiben ohnehin nur als Feigheit ausgelegt. Ränzler in seiner letzten Bank hatte den Kopf gehoben und notierte Namen, es waren acht, die das Klassenzimmer verließen, also keine Mehrheit. Die andere Seite waren auch etwa acht, dazwischen standen indifferente zehn, die irgendwann in den nächsten Tagen ihr Verhalten mit Prozedurfehlern – Keine Abstimmung! – oder einer ganz persönlichen Notlage erklären würden. Schleimer, Scheißer, vor allem die, die dann wieder gelaufen kamen, wenn die Schlacht geschlagen war. Ich ging hinter

Friedrich her, wir blieben zusammen, fürchteten Gegenmaßnahmen, vielleicht hatte sich unten Faller aufgebaut, an ihm vorbeizukommen wäre schwer gewesen. Aber nichts dergleichen passierte, die Schule wirkte fast ausgestorben, niemand hielt uns auf, und so traten wir ins Freie. Die Schule von außen her anzuschauen, in der man sitzen sollte, das verspürte ich als ein Ziehen, die Reaktion auf ein Gravitätsfeld, das diese Steinburg um sich herum aufgebaut hatte.

– Na endlich, sagte Frank und trat sichtlich erleichtert hinter einem Baum in der Grünanlage gegenüber hervor. Ich dachte schon, ihr kommt überhaupt nicht mehr. Die anderen sind schon weg!

Frank und ich separierten uns, gingen unseren eigenen Weg, den wir auch sonst immer nach Schwabing einschlugen. Ein Treiben war auf der Straße, dem man sonst Vormittag für Vormittag entzogen war, Geschäftigkeit eines frei anmutenden Lebens. Also kauften wir uns, so ganz Herren unserer Bedürfnisse, eine Leberkässemmel.

Jenseits der Barerstraße begegneten wir Gruppen und Grüppchen, die wie wir zur Universität marschierten. Das Gestrudel wurde zu einem Wirbel, wo wir uns hinzuwenden hatten, war keine Frage mehr. Ich betrat zum ersten Mal die Universität. Hinter einem Ring von Flugblattverteilern watete man durch Papier. Ich lehnte keines ab und behielt sie alle in der Hand.

Anleitung für Demonstranten, nicht wegwerfen, weitergeben! Feste Ketten bilden! Diszipliniert und ruhig sein, damit sich Meinungen bilden können! Polizisten durch falsche Informationen verwirren! Laßt euch nicht von Saboteuren, die im Besitz von Megaphonen sind, verwirren! Verhaftungen durch Rufe melden! Polizisten isolieren! Sofort die Rechtshilfe anrufen!

Das war sie, die Revolution!

Hier im Zentrum der Verschwörung erwartete uns Jüngere schulterklopfende Freundlichkeit, so viele Schüler hatten die wohl nicht erwartet. Wir fühlten Stolz. Das Audimax war riesig, ganz unten war ein Tisch aufgebaut, das Streikkomittee tagte, auch Friedrich war dort auszumachen, stand da, gestikulierte, schilderte vielleicht den Auszug der Schüler aus der Schule. Neuigkeiten wurden durchgegeben, Schulen als dem Streik angeschlossen gemeldet, Beifall, geklopft nach studentischer Art, brandete jedesmal auf, Pfiffe und Buhrufe wurden laut, als Zwangsmaßnahmen, wie verschlossene Klassenzimmertüren und Portale, gemeldet wurden. Ich saß da, aufmerksam, der Situation hingegeben, und wartete auf das Eigentliche. Irgendjemand gab durch, daß sich die Schüler in der großen Aula träfen. In der Aula hieß es nach einiger Zeit, Schüler und Studenten sollten nicht gespalten werden, sie sollten wieder zurück ins Audimax. Dazwischen Resolutionen, Grußadressen, unbekannte Namen und Organisationen. Sonst passierte nichts, alles ging nur so dahin. Niemand war auszumachen, der sich als Kopf oder Leiter der Veranstaltungen zu erkennen gegeben hätte. Unsere Vermutungen fielen nach einer Weile alle in sich zusammen, waren zu sehr auf Bart, Haare oder Jacke hin abgestellt. Nach drei Stunden war das Rätseln und Spekulieren in Ratlosigkeit übergegangen, Frank zuckte fragend die Achseln, ich nickte, also standen wir auf und drückten uns zum Seitenausgang hinaus.

– So richtig moderne Frisuren haben die irgendwie gar nicht, schon lang, aber irgendwie komisch, oder? fragte Frank, als wir wieder draußen auf der Straße waren.

Ich war ihm für die Bemerkung dankbar, beim Reden über Vertrautes ließ sich wieder Ballast abwerfen. Frank schämte sich nicht, zu den Gesprächen zurückzukehren, von denen wir herkamen.

Zwei Tage später langte ein Brief bei uns zu Hause an, ebenso bei all denen, die den Unterricht verlassen hatten. Dr. Bacher vom Kultusministerium faßte den Tatbestand in dürren Worten zusammen, verwies auf die Schulordnung, mißbilligte das Verhalten aufs schärfste und drohte für den Wiederholungsfall Strafen an. Die trauten sich nicht, ganz klar! Versuchten Provokationen zu vermeiden. Sagte Friedrich. Am meisten freute sich Ränzler, so, als sei das alles auf seine Intervention hin zustande gekommen. Das Protokoll mit den Namen und den Verfehlungen hatte er, aber die Umstände meinten es gut mit ihm und ersparten es ihm, zum Denunziantenschwein werden zu müssen.

Mano

Endlich besuchte auch ich einmal den Jour fixe. Schon beim Betreten des in einem Freizeitheim gelegenen Kellerraums wußte ich, daß es ein Fehler war. Friedrich und Sigi waren nicht da, nur Fremde. Um die zehn Leute mochten es sein, die meisten lagen irgendwo auf Matratzen und rauchten, sagten etwas, dann war wieder Schweigen. Auf Anhieb zu erkennen, weil um einiges älter, war Michel Laser, der Namensgeber so vieler Schulflugblätter. Der erste Eindruck war enttäuschend. Klein, dicklich, in so engen Jeans, daß sie die Arschfalte nach oben drückten, Holzschuhe an den Füßen. Er trug langes, gewelltes, vorne schon etwas schütteres Haar. Am auffälligsten war seine Nickelbrille, die seine Augen herausvergrößerte. Michel, so ließ er sich nennen, der leibhaftige Schmerzensmann, dachte ich. Die Diskussion war quälend, worüber wurde hier eigentlich geredet? Jemand wollte etwas über den SDS und die Studenten wissen. Aber Michel verweigerte sich jedesmal. Darum gehe es nicht. Man sei hier, um selber etwas zu tun.

– Was denn, fragte einer.

Michel zuckte die Achseln. Das Lähmende war, daß er mehr wußte, als er sagte, und daß er aus pädagogischen Gründen schwieg, um das, was er für eine Bewegung in den Anfängen hielt, nicht zu dirigieren. Er war und blieb strikt antiautoritär, bis hin zur Selbstaufgabe, aber er litt unter diesem selbstauferlegten Sprechverbot und blinzelte melancholisch hinter seinen dicken Gläsern. Alle versuchten, es ihm recht zu machen und seine Gedanken zu erraten. Vor allem die Mädchen, dachte ich und meinte die zwei, die neben Michel saßen. Die eine war zu jung, die andere hatte zu große Brüste. Vielleicht stand er auf sowas, war sexuell irgendwie abnormal? Auch kritische Autoritäten mußten sofort abgeschätzt werden: ihren Schwachpunkt ausfindig machen, um sie schlachten zu können. Aber Michel schien in seiner Zurückhaltung so unantastbar. Warum war er hier? Warum nicht bei den Studenten, wenn er wirklich was im Kopf hatte? Klein und dick wie er ist, sucht er das leichte Spiel mit den Schülerinnen, treibt irgendwelche Schweinereien mit Abhängigen. Vielleicht haben sie ihn geschickt, weil er so diszipliniert ruhighalten kann, vielleicht gerade deshalb. Vielleicht ist er auch einfach strohdumm und hält lieber den Mund. Wer weiß?

Später einmal traf ich ihn auf einem Fest wieder. Es war eines der Feste, auf die man einfach gehen konnte, ohne den Gastgeber kennen zu müssen. Man ging einfach hinein und fragte, wo das Bier stehe. Michel war sturztrunken, stand neben dem Plattenspieler und fischte immer mal wieder den Tonarm ab, um die Tanzenden zu ärgern. Gröhlend sang er das Lied vom *Weißen Schiff nach Hongkong* und brüllte dann laut in die Runde:

– Alle Jungschlitze zu mir!

Daß auch einer wie Michel mal besoffen ist, war verständlich, aber daß alle Mädchen, auch Conny, das mit den Jungschlitzen als etwas rauh vorgetragenes Kompliment nahmen, war fast peinigend. Man konnte sich lebhaft vorstellen, was er mit ihnen machte, wenn er sie wirklich in die Finger bekam.

Die Neuen sollten sich mal vorstellen und formulieren, was sie sich von der Teilnahme an diesem Kreis erwarteten, sagte Michel.

– Ich heiße Adrian Berlenberg ... Au Scheiße, schon wieder der Nachname herausgerutscht, behördlich geeicht auf: Berlenberg Komma Adrian! dachte ich dazu.

– Und was willst du hier? fragte die mit der Riesenbrust.

Aha, die isses, mit dem Stellvertretersyndrom, meinte ich zu verstehen. Sie betreut ihn, redet für ihn, versucht ihm seine Bedürfnisse von den Augen abzulesen.

Ich sagte, ich wolle Marx lesen, zum Beispiel *Lohn, Preis, Profit* oder *Lohnarbeit und Kapital.* Das waren die Titel die Friedrich zu nennen pflegte, wenn es darum ging.

Ränzler war es gewesen, der die Frage in den Raum stellte, ob wir denn überhaupt schon, da wir es dauernd im Mund führten, etwas vom System des Marxismus gehört hätten? Vom System wohlgemerkt! Natürlich gab Friedrich zu erkennen, er wisse bestens Bescheid. Nannte Marx den eigentlichen Denker, bezeichnete Engels als seinen Freund und Mitstreiter, beide dürfe man nicht auseinanderdividieren. Andere tun es also, wurde mir klar. Friedrich fuhr fort: Wladimir Iljitsch Lenin und die siegreichen Bolschewiki seien die Vollstrecker, Stalin ein Verräter und Mao Tse Tung der Erneuerer. Das war sie, die Galerie. Ränzler lächelte sardonisch, er hatte aufgepaßt und registriert, daß nur von Personen die Rede war.

– Daß du die Personen runterbeten kannst, weiß ich, Friedrich, aber was ist mit dem philosophischen System des Marxismus? Marxismus ist ja nur eine Spielart des Materialismus im Gegensatz zum sogenannten Idealismus. Materialismus, das heißt Vorrang der Materie vor dem Geist.

Glaube ich übrigens nicht, in meinem Schädel ist nicht nur Hirn, sondern auch Denkvermögen, sonst könnte ich euch gar nicht erklären, was der Materialismus ist …

Ränzler schüttelte sich vor Lachen.

– Na gut, Spaß beiseite. Marxismus ist zweierlei: Histomat und Diamat. Schon mal was davon gehört?

Schweigen. Ränzler zog das *Handbuch zur sowjetischen Besatzungszone, SBZ-Lexikon* genannt, aus seiner Tasche.

– Du meine Güte, da fehlt es ja an den Grundlagen.

Ränzler las vor. Ich verstand nichts. Es war abgehoben, unanschaulich, hatte nichts mit Rebellion, Bedürfnis, Unterdrückung zu tun, statt dessen mit Natur, Materie und einem Dreischritt, den man vom Besinnungsaufsatz her kannte: These, Antithese, Synthese, was nichts anderes hieß, als daß für jeden Schwachsinn Für und Wider zu benennen und auszuwiegen waren, Verzicht auf eigene Meinung also. Und das sollte Marxismus sein?

– Stimmt das? fragte ich nach der Stunde Friedrich.

Friedrich zuckte die Achseln, er war sichtlich überfahren worden.

– Das klär ich.

Am nächsten Tag kam Friedrich mit der Auskunft, das *SBZ-Lexikon* sei nicht maßgeblich, da reaktionärer Scheiß, vielmehr kämen für den Anfang nur *Lohn, Preis, Profit* oder *Lohnarbeit und Kapital* in Frage, alles von Marx selber.

– Ich heiße Mano. Ich dachte, man könnte hier mal die Gewaltfrage diskutieren. Ich meine nicht nur Gewalt gegen Sachen, sondern auch gegen Personen. Ich bin kein Pazifist.

Mano war wie ich ein Neuer. Er ging auf das Wilhelmsgymnasium und war dort für den Jour fixe der USSG agitiert worden. Mano rauchte Zigarillos, hatte etwas Degoutantes an sich und grinste, während er sprach. Er war ganz in Schwarz gekleidet: Spitze, schwarze Beatstiefel, schwarze Cordjacke und -hose, sogar schwarzes Hemd. Die blonden Haare etwas schmierig und nach Rockerart nach hinten gestrichen. Mano war klein und dicklich, hatte jedoch die Hose nicht unten an der Hüfte sitzen, sondern über den Bauch gezogen. Er schien nur dem ersten Eindruck nach plump, denn sein Gang hatte etwas Tänzelndes, und die Bewegungen seiner Hände, weiß, klein und gepflegt, hatten Eleganz. Was Mano sagte, klang hart und gefährlich und ging mir erstmal gegen den Strich.

Überall schossen jetzt evangelische Jugendgruppen aus dem Boden, die mit uns kritischen Schülern diskutieren wollten, ob Religion und Pazifismus nicht mit dem Marxismus verbunden werden könnten. War ja gut gemeint, aber diese Veranstaltungen waren ein einziges Gewichse. Mano und ich waren an den Chiemsee in eine evangelische Begegnungsstätte eingeladen. Erstmal wurden wir minutenlang als Gäste abgeseift, die so richtig kritisch ihre Meinung sagen sollten. Vorher hatten sich alle an den Händen gefaßt, um sich auf das gemeinsame Gespräch, den Austausch von Mensch zu Mensch, einzustellen. Und rauchen durften wir auch nicht. Man war schon richtig geschwächt, bevor es überhaupt los ging. Dann sagten die Jugendgrüppler, daß sie gegen Gewalt, Unterdrückung und Krieg seien, und wenn das der Marxismus auch sei, dann würden sie sich als Marxisten bezeichnen. Die Erwachsenen nickten und fanden solche Positionen bemerkenswert. Vielleicht ein bißchen zu idealistisch. Natürlich seien sie selber auch dagegen, aber was nütze das schon in einer Welt, die nach anderen Gesetzen funktioniere? Das Leben selber setze den

Hobel an und bringe solch jugendlichen Überschwang zurecht. Mit einem Wort: Diese Positionen waren zahnlos und gefällig. So harmlos wie eine Jazzmesse. Mano zündete sich erstmal einen Zigarillo an und stippte die Asche jedesmal auf den Teppich. Jetzt war Jugendpastor Meiner in der Klemme. Wenn er einen Aschenbecher holen ließ, wäre das Rauchverbot plötzlich aufgehoben gewesen. Wenn er Mano so weitermachen ließ, ruinierte der den schönen blauen Teppichboden. Pastor Meiner schaffte es aber nicht, irgendwas zu tun, bekam daher einen leicht roten Kopf und versuchte es indirekt, indem er was von zwischenmenschlichen Regeln sagte, die für alle verpflichtend seien. Mano machte mit seinem Stummel eine Bewegung, als würde er ihn mangels Aschenbecher in die Ecke schnippen, da riß es Meiner dann doch hoch, und er schrie, Mano solle den Stummel gefälligst ins Klo schmeißen. Mano sagte, o.k., aber jetzt müßten alle warten, bis er wieder zurück sei, sonst würde er die Hälfte verpassen. Stand auf und ging. Als Mano dann wieder zurück war, hofften sie, daß die Sache ausgestanden sei, war sie aber nicht, weil sich Mano gleich wieder einen Zigarillo anzündete. Jetzt legten doch alle einen ziemlichen Zahn zu in der Diskussion, und wir fetzten uns richtig herum. Sagten, hier müsse mal die Gewaltfrage diskutiert werden. Nicht nur Gewalt gegen Sachen. Wir bekamen so richtig Oberwasser, waren gut dabei, und Mano hackte mit der Problematisierung ihrer evangelischen repressiven Toleranz rein. Und plötzlich waren sie alle beleidigt, aber es lief wenigstens eine ehrliche Diskussion, bei der man nicht dauernd eine so ungute Gänsehaut bekam. Nach einer weiteren Stunde standen wir auf, sagten, wir würden jetzt in den Ort rein, irgendwo ein paar Bier trinken. Wer Lust habe, könne ja mitkommen. Niemand ging mit uns, wir standen alleine draußen auf der Straße. Aber das war in Ordnung, das mußte so sein. Wir wußten: Nur die schroffe Abwendung, das ungetrübte Nein sind kraftvoll und klar.

– Nach der Revolution werden erstmal die Saftsäcke an die Wand gestellt, sagte Mano im Jour fixe.

– Wir sind gegen Gewalt, wandte die Kleine ein.

– Steht euer S jetzt für sozialistisch oder sozialdemokratisch?

– Was soll der Käse? Wenn sich die Volksmehrheit erhebt, hat die Unterdrückerminderheit keine Chance mehr.

– … und geben den Schlüssel zur Fabrik ab. Tschuldigung, war nur ein Versehen. Mensch, denk doch mal nach: Militär, Polizei, Bundesgrenzschutz. Die Kapitalisten haben das Gewaltmonopol. Glaubst du, die geben das ab? Im Gegenteil! Wie war das denn mit den Notstandsgesetzen? Und wer hat zuerst geschossen? Sie, die Bullenfaschisten. Und was ist mit Hitler? Umlegen, an die Wand stellen, aufhängen, in die Luft jagen – alles wär o.k. gewesen, ist doch wohl klar.

Mano hatte recht. Er gab zu, daß er ein Bedürfnis nach Abrechnung hatte. Und sagte immer, daß er nach der Revolution Innenminister werden wolle.

Na los, zieh, du Schwein! sagt *Il Mercenario*. Dazu jetzt ganz laut die Musik, eine Gitarre wie vom Himmelschor herunter. Jäh fühlte ich mich mit einer Gänsehaut der Vorfreude übergossen. Zitternd fingert sich eine Hand hinunter zum Halfter. *Il Mercenario* reißt mit dem Daumen aus dem Inneren der Handfläche heraus ein Zündholz an, das hoch und hell aufflammt. Im Gegenschuß jetzt ganz nah der Stetson, der nach hinten geschoben wird, das schweißverklebte Haar darunter und ein weißer Ring kommen zum Vorschein, die Augen voll Panik. Leg' um das Schwein! Dz, dz, dz, bleib ruhig. Erst zünd' ich den Zigarillo an, beidhändig. Das, haha, die vermeintliche Chance für das Schwein. Es zieht, nein: versucht zu ziehen. Gerade ist die Pistole aus dem Halfter, schon schlägt der erste Schuß die Hand vom Kolben, der zweite tötet es, das Schwein, genau, recht so. Zieht doch nur, ihr Schweine!

Italowestern waren saugut. Die Djangofilme hatte ich mit Mano mehrfach gesehen. Natürlich gab es auch reaktionäre Passagen in diesen Filmen, wenn Franco Nero zum Beispiel einer nackten Frau erklärte, was Revolution sei: Er haut ihr auf das Hinterteil und sagt, wenn der Arsch versuche, zum Kopf zu kommen, das sei Revolution. Mano meinte, daß es trotzdem in Ordnung gehe, weil ja Franco Nero einen Söldner verkörpere, der für Geld alles mache. Dieser Mentalität sei eine solche Aussage angemessen.

Mano wußte überhaupt einiges vom Film, kannte Buñuel, kannte Godard. Machte auch selber Filme mit Super-8. Mano hatte verschiedene Prunkfassaden von Versicherungen aufgenommen, im Schwenk von unten nach oben, daß klar wurde, wie groß und teuer sie waren. Dazu dann Leute, die sich in die Straßenbahn hineindrängen, und das Gewurle in der Fußgängerzone: eine gesichtslose, anonyme Masse, die nichts zu melden hat, nur konsumieren soll. Sein Film zeigte dann ein vollkommen verbautes Legohaus als Symbol dafür, daß es mit ein paar Umbauten nicht getan war, sondern daß man wirklich alle Steine runterbröseln mußte, um das Ganze vernünftig wiederaufbauen zu können. Dazu hatte Mano dann den Anfang der Liveplatte von MC5 eingespielt, auf der das Publikum total aufgepeitscht wird. Der Sänger schreit in die tobende Menge hinein, daß die da unten jetzt ein paar Sekunden Zeit haben, sich zu entscheiden, ob sie Revolution haben wollen oder nicht.

Und dann geht die Musik ab, und es ist überhaupt keine Frage mehr, daß alle die Revolution wollen. Einfach alle.

Es dauerte zwar eine Weile, bis ich mir das eingestand, aber Mano war interessant. Er besetzte Positionen und verließ sie wieder. Versuchte jedenfalls, das Maximale aus ihnen rauszuschlagen. Und hatte Informationen, die andere nicht hatten.

Die Knarre löst die Starre.

Angeekelt von den Reproduktionsbedingungen, die sie im System vorfanden, der totalen Vermarktung und absoluten Verlogenheit in allen Bereichen des Überbaus, zutiefst entmutigt von den Aktionen der Studentenbewegung und der APO hielten sie es für nötig, die Idee des bewaffneten Kampfes zu propagieren.

Ich verstand ihn jetzt besser, mochte ihn sogar. Mano hatte sein Zimmer ganz mit Postern und Alufolie beklebt. Es war immer dunkel. Er legte eine Platte auf.

– Kennst du das: Father, yes, I want to kill you. Mother, I want to ... ouowah fuck you.

Mano bleckte sein Gebiß und zeigte seine großen Zähne, als sei er ein Wolf. Ob ich schon mal mit meiner Freundin Conny gevögelt habe? Mit ihr noch nicht, sagte ich. Sie habe es noch nicht geschafft, sich die Pille verschreiben zu lassen. Ob wir sonst alles machen würden, Petting und so?

– Ja, logisch.

– Mit Orgasmus?

– Ja, schon ...

Er habe ein Problem. Habe nämlich keine Freundin, habe daher sexuelle Schwierigkeiten. Notstand, totaler Frust, ob ich das verstehen könne? Natürlich verstand ich das. Da wirkte das Prinzip der *Schweinsblase*, so wie wir es in der Theorie von Wilhelm Reich kennengelernt hatten. Ein ungeheurer Druck von innen. Friedrich war damals dahinter her gewesen, daß jemand ein Referat zu dem Thema hielt. Wilhelm Reich war ein Geheimtip, er habe Marxismus und Psychoanalyse zusammengeführt, hieß es. Das mit Freud hatte man schnell drauf, das leuchtete uns ein mit *Ich, Es* und *Über-Ich.* Das spürte man in sich, daß man etwas wollte, aber nicht durfte und dann irgendwie vermitteln mußte. Wir waren auch sicher, daß Freud das mit Sublimierung und Kompensation kritisch gemeint hatte. Kornblum sagte, wir hätten das in den falschen Hals gekriegt. Bei Freud gehe es immer um die notwendige Sublimierung, ohne die Kultur und damit veredelte Lust nicht denkbar sei. Auch Schiller habe für die *Glocke* zum Beispiel ganz schön Sublimierung betreiben müssen. Auch der verständige Rezipient müsse um eines höherstehenden Vergnügens willen sublimieren. Aber typischerweise sei das der Punkt, den wir nie verstünden.

Endlich hatte Friedrich Erfolg gehabt und schwenkte stolz eine schreibmaschinenbeschriebene Postkarte. *Lieber Marquardt,* stand darauf zu lesen, *zwischen dem 1. November und Weihnachten ist mir im Moment jeder Termin recht. Folgende Themen habe ich anzubieten: Sexualität und Klassenkampf – eine allgemeine, historische, theoretische und politische Einführung, Schichtenspezifische Manipulation der Sexualsphäre im Spätkapitalismus – eine spezifische Analyse von Zeitschriften aus der Privatsphäre, wie Twen, Jasmin, Bravo, Klassischer Faschismus und autoritärer Staat der Bundesrepublik – Analyse der sozialpsychologischen Unterschiede. Meine Honorarforderungen sind nach eurem Etat variabel. Nur täte ich gerne fliegen, damit ich nicht so viel Zeit verlieren muß; ich stecke an der FU im Diplom. Viele Grüße: Dr. Hanns Relius.*

Wenn Kornblum mit seiner Auffassung der Sublimierung recht gehabt hätte, wären Zeitschriften wie *Pardon* oder *Konkret*, keine linken Blätter gewesen. Waren sie aber. Mano hatte sie abonniert. *Twen* sei ästhetisierter Scheiß, sagte er. Außerdem gab es dort weniger Nacktfotos. Katholisch gesehen waren solche Photos eine Sauerei. Schon deshalb war Nicht-Sublimierung politisch. Eine nackte Blonde mit üppig baumelndem Busen beugte sich über einen Billardtisch. Von vorne, von hinten, von der Seite. In Sprechblasen sagte sie dazu, daß der berechtigte Haß gegen die Herrschenden und ihre Klassenjustiz auf die Studenten abgelenkt werde. Wahrscheinlich eine Anspielung auf die Kräfte, die die Bahn der Kugeln beeinflussen. Das Bewußtsein, daß die gesamte Oberschicht korrupt sei, werde umgemünzt in den aggressiven Gedanken, daß die Arbeiter von den Studenten getäuscht worden seien. Dahinter stecke jedoch nur der Wunsch des Arbeiters, den Staatsapparat zu zerschlagen.

Dr. Relius, den Friedrich auf die Veranstaltung in das Jugendzentrum eingeladen hatte, ein Psychoanalytiker, der in Berlin lehrte und in München wohnte, hatte erst auf unseren dringenden Wunsch hin angefangen, Wilhelm Reich und seine Theorie vorzustellen. Zuerst schien es, als ob er keine Lust hätte. Er redete trocken, fast unbeteiligt. *Reich sagt, andere hingegen meinen ...* Er spürte dann aber doch, wie sehr Wilhelm Reich den Nerv traf, und wie gespannt wir an seinen Lippen hingen. Niemand wollte ein Gelaber hören, daß Reich eben auch einer gewesen sei wie Alfred Adler. Oder C.G. Jung. War er nicht. Wilhelm Reich hatte recht, soviel war klar.

Auch Michel war da und mischte sich endlich mal ein: Eine Theorie, sofern sie wahr sei, entwickle, wie man das an der Wirkung der Reichschen Theorie studieren könne, aus sich heraus eine ganz befreiende, unmittelbare Sprengkraft. Relius widersprach. Zwar wünsche sich jeder Theoretiker, er könnte die Resultate seines Denkens wie Brandfackeln unter seine Zuhörer werfen. Aber das sei nur eine Wunschprojektion. Er, Relius, habe von Marx gelernt, daß es nicht so sehr darauf ankomme, was eine Theorie besage, sondern was sie bewirke. Er nenne nur mal Marcuse und seinen *Eindimensionalen Menschen.* Die Einigkeit mit der Bewegung verdanke sich einem grandiosen Mißverständnis. Niemand habe das Buch so verstanden und gelesen, wie Marcuse es gemeint habe. Alle schwiegen, keiner wagte zu widersprechen, nur Mano haute mir den Ellenbogen in die Seite und grinste spöttisch. Er hatte Relius in Verdacht, zu bluffen.

Später lud Relius ein paar von uns nach Grünwald in sein Haus ein. Es hatte einen großen Garten, automatische Gitter und eine Art Kutschenauffahrt zum Haupteingang. Relius' Stärke war, darauf warten zu können, daß die anderen etwas von ihm wollten. Er saß da, hatte die Hände über seinem Bäuchlein gefaltet, schaute mit seinem roten Fuchsgesicht in die Runde und wartete. Mano konnte gar nicht anders, als ihn anzugehen. Er hatte diesen Reflex. Ob man nach einer Lehranalyse noch sexuelle Schwierigkeiten habe? Relius parierte problemlos, hatte keine Scheu, über Sexualität zu sprechen. Analytiker eben. Aber Mano gab nicht auf und schaffte es, ihn zu knacken. In einer Analyse sei das ja anders, da habe der Patient einen Leidensdruck und wolle was vom Analytiker. Aber wir seien ja, zumindest partiell, schon befreit. Wir wollten von ihm ein paar theoretische Sachen noch beigebracht bekommen, o.k. Aber er? Relius solle jetzt doch mal formulieren, was er von uns wolle. Warum er uns eingeladen habe?

Sei schlau, geh zum Überbau.

Als ich Mano hinterher dann fragte, warum er ihn so angegangen sei, sagte er, er habe von Anfang an gespürt, daß Relius ein falscher Fuffziger sei. Ob mir denn nicht aufgefallen sei, daß er zwar immer denselben Anzug anhabe, aber jedesmal ein anderes Paar Schuhe trage? Der totale Zwangscharakter!

Vögeln ist gesund. So einfach war das bei Wilhelm Reich. Der Triebverzicht dagegen wirkt im psychischen Haushalt des Menschen hemmend und stauend. Als würde innerlich eine *Schweinsblase* mehr und mehr aufgebläht. Ein Potential wird herangebildet, das, in einem allgemeinen Sinne als Kraft verstanden, sich andere Wege suchen muß. Es macht den Menschen beeinflußbar, destruktiven Lösungen zugänglich, sofern diese den Druck der Schweinsblase mindern. Wer oft vögelt, ideal immer dann, wenn er Lust verspürt, immunisiert sich gegen Destruktivität, ist ein glücklicher und herrschaftsfreier Mensch. Ich begann an mir festzustellen, daß ich an Tagen danach besonders ausgeglichen und zufrieden war.

In den Pfingstferien fuhr ich mit Mano nach Paris. Mano kannte sich aus. *In wenigen Tagen ist Frankreich durch einen spontanen Generalstreik und die Besetzung der Fabriken praktisch paralysiert worden. All das geschah, weil die Studenten sich im Quartier Latin zu Herren der Straße machten.* Wir nahmen den Nachtzug. Standen zuerst draußen auf dem Gang, rauchten, tranken ein paar Dosen Bier, die wir uns am Bahnhof gekauft hatten. Irgendwann, als es uns kühl geworden war und wir nicht mehr stehen konnten, gingen wir ins Abteil zurück. Das Licht war bereits gelöscht, im dämmrigen Grau erkannte ich einen älteren Mann am Fenster, der unverwandt nach draußen blickte. Neben uns zwei junge Frauen, mit denen wir uns rasch darauf verständigen konnten, die Sitze zu einem gemeinsamen Lager auszuziehen. Ich lag dicht an der Türe, auf Distanz bedacht. Gebeutelt vom Zug, die Hände zwischen die Oberschenkel geklemmt, weil mir kalt war, dachte ich immer nur an Paris und den Morgen, wenn wir endlich da sein würden. Das rotbraune Plastik der Sitze wurde feucht und klebrig dort, wo ich mit dem Gesicht auflag. Ich war sicher, ich würde so nie einschlafen können, nickte ein und träumte, ich würde so nie schlafen können, und dachte dasselbe in dem Moment, als ich wieder aufwachte. Vor mir lag die junge Frau mit angezogenen Beinen, von mir abgewandt. Ein warmer Duft ging von ihr aus. Sie trug einen weiten Wollpullover und Jeans, die Beine ebenso reizvoll wie das Hinterteil, das sie mir entgegenstreckte. Sofort war ich besessen von dem Gedanken, daß sie darauf wartete, von mir umarmt zu werden. Ich traute mich aber nicht. Mano und die anderen schienen zu schlafen, vom Fenster her war greisenhaftes Röcheln, von einem Knacken abgeschlossen, zu hören. Ich schob mich näher, zerrissen von Angst und Sehnsucht, stückchenweise, winzige Stückchen. Wärme umgab sie wie eine Aura. Berührungslose Wahrnehmung. Das deutete ich als Zeichen und wartete auf weitere, klarere. Nichts, oder doch? Endlich ergab ich mich meinem Drang, umfaßte sie, sie nahm meinen Arm, schob ihn unter den ihren. Ich legte mein Gesicht in ihr Haar, mir war warm, bequem, und ich fühlte mich schwindelerregend glücklich. Wieder schlief ich ein. Als ich wieder aufwachte, war alles anders. Wir lagen jetzt aneinandergepreßt. Vom Fenster her Röcheln und Knacken. Es war verrückt, ich wußte, ich sollte, ich durfte nicht. Wir drehten uns, schoben uns ineinander, aber es gab keine Lage, die, unsere

Heimlichkeit bewahrend, zum Ziel geführt hätte. Es wurde Morgen, Sonne kam durch das Zugfenster. Wir richteten die Sitze, strichen unsere Kleidung zurecht. Ich wußte nicht, wie ich ihr begegnen sollte. Sie lächelte und sagte, es sei ja ungeheuer eng gewesen heute nacht. Ich war ihr dankbar.

Manos Eltern gehörten zu den Erwachsenen, die einmal im Jahr ohne ihren Sohn Urlaub machten. Etwa vierzehn Tage lang. Was in dieser Zeit in ihrer Wohnung vor sich ging, wollten sie gar nicht so genau wissen, sie waren zufrieden damit, daß das Mobiliar und vor allem die schweren Perserteppiche unbeschädigt blieben. Frank und ich zogen meistens für die gesamte Zeit zu Mano. Franks Freundin Britta blieb ein paar Tage, Conny kam nur für Stippvisiten vorbei. Ich könne ja zu ihr kommen. Sie fühlte sich von Mano bedrängt, konnte ihn jedoch nicht ausstehen. Conny mit irgend jemandem teilen zu müssen, war ein furchtbarer Gedanke, aber Besitzansprüche waren verpönt, durften nicht ernsthaft ausgesprochen werden, es sei denn als Problem. So gesehen war Connys Verhalten die beste Lösung, ärgerlich war nur, daß Frank und Mano darauf herumhackten. Ich fühlte mich von der widersprüchlichen Konstellation gebeutelt, die weder aussprechbar noch lösbar war, und zog mich in eine depressive Stimmung zurück. Mano hatte Uta, die Kleine aus der USSG, angeschleppt, sie machte jedoch einen widerwilligen Eindruck. Warum sie dennoch gekommen war, verstand ich erst später.

Frank packte eine große Flasche Wermut *St. Raphael* aus, und wir begannen, alle Kombinationen, die hinten auf dem Etikett abgebildet waren, durchzuprobieren: mit Zitrone, mit Eis, mit Orangensaft.

Britta gluckste schon nach dem ersten Glas. Ich sagte

nichts, stierte vor mich hin, maß ab und zu Britta und Frank mit finsterem Blick und goß den süßen Wermut einfach hinunter.

Mano hatte sich mit Uta abseits gesetzt, griff nur hinter sich, wenn Frank neue Getränke gebracht hatte. Er verwickelte Uta ohne Umschweife in eine Diskussion über seine Sexualprobleme.

Die Aktion Südfront kannte ich nur vom Hörensagen. Michel hatte davon erzählt. Sie hatte es sich zum Ziel gesetzt, Knastis und Heimzöglinge zu betreuen. Ausgestoßene der Gesellschaft wie sie galten als politisches Potential.

Die umgebauten Arbeitshäuser, diese ehemaligen Auffanglager für das Lumpenproletariat, sind in unserer Gesellschaft ein Pfahl im faulen Fleische.

Während des Hafturlaubs oder nach der Entlassung versuchte die Aktion, ihnen Unterkunft bei Genossen zu verschaffen. Später ging die Südfront an ihrem eigenen Potential zugrunde. Dazu kursierten die verschiedensten Gerüchte. Weil alle den Ansatz plötzlich lustig fanden. Eine Handvoll entlassener Heimzöglinge habe brutal in den Wohnungen von Aktivisten rumgeaast, sich breitgemacht, alle Frauen betatscht, geklaut wie die Raben und schließlich das ganze Inventar ausgeräumt. Andere zogen eine Leichenbittermiene und erzählten, die Knastis hätten – stimmt leider, echt! – Diebesgut in Wohngemeinschaften versteckt und einen schwunghaften Handel getrieben. Und dann gab es auch die, die irgendein persönliches Drama hatten. Rüdiger wohnte mit Rosa und ein paar Genossen zusammen im Lehel. Und da sei eben dann Zippo aus dem Knast zu ihnen gekommen. Rosa habe ihm das Zeichnen und Malen beibringen wollen. Na ja, Rosa und Zippo hätten dann eben ein Verhältnis angefangen. Schlimm genug für ihn. Aber das Schlimmste sei gewesen, daß sie derartig tierisch gevögelt hätten, daß man in der Wohnung vollkommen blockiert gewesen sei. Nicht nur er, niemand habe mehr arbeiten können, die Nachbarn hätten sich beschwert, na ja und bei ihm sei dann der Psycho draus geworden, wenn die gerammelt hätten, habe er Schweißausbrüche und Herzrasen bekommen und eben gemerkt, daß er was tun müsse, sonst komme er um. Als es dann nebenan wieder losgegangen sei, habe er einen großen Hammer geholt, die Türe eingedroschen und geschrien, wenn diese Proletensau jetzt nicht sofort verschwinde, würde er ihm den Schädel einschlagen. So erzählte uns Rüdiger die Geschichte.

Mano erwähnte nur nebenbei, daß später Gert komme. Direkt aus dem Knast. Er wohne für eine Woche oder so hier. Zu diesem Zeitpunkt waren wir alle schon ziemlich besoffen. Der Typ hat 'nen kompletten Schuß, wiederholte Uta unablässig und meinte Mano. Den störte das nicht, er wollte mit Uta soweit klarkommen, bis Gert eintraf. Wegen ihr, um sie beizukriegen, hatte er dies veranstaltet. Frank lag mit Britta auf dem Küchensofa. Ich spürte Panik bei dem Gedanken, daß nun bald ein Fremder hier sitzen würde. Ein Verbrecher. Auch wenn es nur ein Vorurteil war, erforderte eine solche Person wache Aufmerksamkeit und nicht eine so drehwurmartig angesäuselte Birne. Ich erhob mich unsicher.

– Der Typ hat 'nen kompletten Schuß mit sei'm Orgasmusscheiß da, nuschelte Uta.

Ich ging in die Küche. Frank lag neben Britta, das Gesicht auf dem Sofa. Seinen Arm hatte er um ihren weißen Bauch geschlungen, der zwischen hochgeschobenem Pullover und aufgeknöpfter Hose offenlag.

– Tut mir bloß den Gefallen und verschwindet aus der Küche. Wir kriegen gleich Besuch. Einer aus'm Knast.

Das Chaos überall war verheerend. Woher kamen all die Sachen, und wohin gehörten sie normalerweise? Britta war aufgestanden, brachte ihre Kleidung in Ordnung und verschwand im Bad. Frank rührte sich nicht. Alkoholvergiftung? Aber doch nicht von einer Flasche Wermut. Ich zog Frank hoch. Er stöhnte, ihm sei schlecht.

Kaffee, dachte ich, ich muß Kaffee machen, das bläst den Suff weg. Fünf Löffel löslichen Kaffee in eine Tasse und heißes Wasser drauf ergaben ein gallebitteres Gebräu. Frank roch nur dran, dann torkelte er aufs Klo. Ich schluckte die schwarze Brühe. Alles war vollständig aus dem Lot. Man muß etwas tun, etwas Sinnvolles, etwas Normales, um die Kontrolle wiederzugewinnen. Ich versuchte, mit dem Küchenschwamm den feuchten Fleck vom Küchensofa zu wischen. Der Tisch war übersät mit ausgepreßten Orangen- und Zitronenschalen. Gläser, Messer, Zitronenpresse und jetzt auch Tasse, Kaffeepulver und Löffel. Alles pappte. Wohin mit dem Zeug? Ich öffnete den Schrank. Es waren Backutensilien. Die Rückseite einer Packung Stärkepulver fiel mir ins Auge, mit einem Rezept für Barbarakuchen. Das war die Botschaft aus einer anderen, noch geordneten Welt. Die Eltern jedes Sohnes, und sei er auch noch so mißraten oder besoffen, würden sich glücklich schätzen, wenn er einen Barbarakuchen backen könnte. Ein Beweis, daß noch nicht alles verloren ist. Ich machte mich ans Werk. Wiedergutmachung, Buße für so frühe Verdorbenheit, allen Müttern gewidmet, die spätnachts noch mit rotgeweinten Augen im Bett sitzen. Man muß Gutes denken und tun.

Wenig später klingelte es. Mano stand in Strümpfen an

der Türe und stützte sich mit einem Arm am Türpfosten ab. Gert kam.

– Tut mir leid, wir sind alle besoffen, aber sonst – Mano lachte sein degoutantes Lachen – ist alles o.k.

Gert lächelte höflich. Er war ein kleiner, drahtiger Mann mittleren Alters, trug einen blauen Kepa-Billiganzug ohne Krawatte, hatte den Kragenknopf oben geschlossen, was ihn wie einen Kaplan aussehen ließ. Seine Plastiktüte stellte er an der Garderobe ab. Ich versteckte mich in der Küche.

Mein Gott, was spielt der da für Musik, dachte ich. Mano hatte *King Crimson* aufgelegt. Ich stand in der Küche mit zittrigen Händen. Hatte gerade den Kuchen ins Rohr geschoben und spürte jetzt eine innere Unruhe. Es dröhnte und orgelte vom Wohnzimmer herüber. Warum erlöst mich niemand aus diesem Küchengefängnis, warum kann ich nicht einfach nach Hause gehen?

Fertig! Klein zwar, aber schön braun und vor allem echt: der Barbarakuchen. Noch etwas Puderzucker darüber. Ein Bild von einem Kuchen. Man müßte alle, die den Glauben an mich verloren haben, davon informieren, dachte ich.

– Hey Mann, au Wahnsinn, Mano kam in die Küche gestolpert. Wo bleibst du denn? Ey, hast du den gemacht?

Mano holte aus der Schublade ein großes Messer und säbelte sich von hinten quer rüber ein dickes Stück ab.

– Nimm die Pfoten von dem Kuchen da, schrie ich.

– Was jetzt? Is' er für uns oder nicht?

– Logisch. Aber du kannst dir doch normal ein Stück abschneiden, wenn der Kuchen am Tisch steht, oder?

– Wahnsinn, du bist ein dermaßener Spießer, Adrian, unwahrscheinlich!

Aus, vorbei, zernichtet das Bußwerk, dachte ich. Alkohol verroht.

Später war es anders. Frank, Fabian und ich waren bei John, dem König der Kiffer. Beim Rauchen kam auch die Idee auf, einen Vanillepudding in der Original-Puddingform zu produzieren. Dann war er fertig, stand in der Küche cremiggelb auf einem Teller. Deutlich zu spüren die zarte Haut, die seine empfindliche Masse zusammenhielt. John stieß gegen den Tisch. Der Pudding bebte. John legte vorsichtig tastend seinen Finger auf ihn, als wollte er seinen Puls fühlen.

– Er lebt!

Einen ganzen Abend verbrachten wir in der Gesellschaft des lebenden Puddings. Keiner machte von seinem Löffel Gebrauch.

– Wie war denn das im Knast mit der Sexualität? In welcher Frequenz hast du denn onaniert? fragte Mano.

Gert saß in sich zusammengesunken, die Beine weit auseinandergespreizt, die Arme auf die Knie aufgelegt. Er starrte auf seine gefalteten Hände. Er sagte nichts. Statt dessen Uta.

– Der Typ hat echt 'nen Schuß mit sei'm Orgasmusscheiß.

Mano grinste. Er war schon sicher, daß Uta über Nacht bleiben würde.

– Und hast du hinterher Schwierigkeiten bei einer Frau, nach so langer Zeit und der sexuellen Repression im Knast?

Gert schwieg. Vor ihm am Boden blieb der Teller mit Barbarakuchen unberührt. Ich fühlte, daß ich jetzt sofort nach hinten wegsacken würde, wenn nicht auf der Stelle was passierte. Frank, das Schwein, war mit Britta abgehauen. Ich begann zu reden, ohne Punkt und Komma. Wie ich Mano kennengelernt hatte, vom Schulstreik, was die kritischen Schüler wollten, was ich von der Aktion Südfront wußte, daß ich eine stark religiöse Erziehung bekommen hatte, ob Gert ein Bier haben wolle?

– Nee, danke, is' o.k. Ich wollt' nur mal gucken. Pennen kann ich woanders. Danke, ja! Ich geh jetzt.

Gert stand auf, ließ sich von mir hinausführen, holte sich seine Plastiktüte von der Garderobe, sagte an der Türe nochmal: Danke, ja! und ging.

– Der Typ ist ja echt 'n Katatoniker, sagte Mano.

Uta fing an zu kichern, zuerst zwanghaft, dann lachte sie zunehmend freier. Mano schlang von hinten her seine Arme um sie, dann ließ sie sich nach hinten fallen, und beide lagen auf dem Boden. Ich wußte, daß die Sache laufen würde, stand auf, verabschiedete mich und ging. Jetzt brauchte ich Conny. Wegen Mano brauchte ich heute kein Schuldgefühl mehr zu haben.

Am nächsten Tag kam ich wieder zurück zu Mano. Alles andere wäre Verrat gewesen, schließlich wollten wir die Woche zusammen wohnen. Mano war allein, Uta war gegangen. Aber es habe schon hingehauen. Mit Schwierigkeiten allerdings. Uta sei noch Jungfrau gewesen. Mano hatte einen Dreiblattjoint gebaut. Tüte mit Zipfelmütze. Unten schmal, als eine Art Filter war ein Stück Pappe aus der Zigarettenschachtel eingerollt, nach oben hin voluminöser werdend, und an der breitesten Stelle oben durch das zusammengezwirbelte Zigarettenpapier abgeschlossen. Mano grinste, der Joint sah professionell aus. Ich war beeindruckt und hatte versucht, mir seine Handgriffe einzuprägen. Mano hielt Feuer an den oberen Rand, das Papier kokelte rundherum ein wenig ab, und die Zipfelmütze ließ sich abnehmen wie ein Deckel.

– Sag mal, wieviel Drogen nimmst du eigentlich, fragte ich.

– Shit sowieso, Speed, Captagon oder AN1, wenn ich's brauche, Valium, um runterzukommen. Ich hab' auch schon mal versucht, Rotwein zu fixen, aber das ist schiefgegangen.

Er holte aus der Hosentasche ein Döschen mit Pillen und klapperte damit. Das war zu martialisch, und ich zog die Hälfte ab von dem, was Mano sagte.

– Und jetzt, was passiert jetzt? fragte ich.

Mano zündete den Joint an, plazierte ihn zwischen Ring- und Mittelfinger, deckte mit der anderen Hand die Öffnung der Faust hinten ab und saugte vorne.

– Möglichst tief reinziehen und so lange wie möglich unten lassen, sagte Mano gepreßt, um den Rauch unten zu halten, hustete dann aber doch und klopfte sich auf die Brust. Scheiß Lungen! – Da, ich leg' mal Stones auf.

Ich nahm und zog. Schmeckte irgendwie muffig. Ich wartete, nichts passierte. Dasselbe nochmal.

Friedrich hatte mir nach dem Unterricht das erste Bröckchen Shit, sorgfältig in Stanniol eingewickelt, übergeben. Natürlich kostenlos. Zur Erweiterung des Bewußtseins. Leute wie Friedrich kifften nicht einfach, um sich zuzuballern. Es ging darum, andere Wahrnehmungsweisen zu erreichen. Antibürgerliche. Ich solle mal den *Steppenwolf* lesen, den Teil, wo Harry Haller in das Theater gehe. Dann würde ich das schon verstehen. Man könne davon ausgehen, daß Hesse unter Drogen geschrieben habe.

Ich müsse ein Feuerzeug drunter halten, sagte Friedrich, und das Bröckchen kurz erwärmen. Es lasse sich dann leicht zerbröseln und mit Tabak mischen. Ich trug das Bröckchen drei Tage lang in der Hosentasche mit mir herum. Es war die ganze Zeit über aktiv, strahlte nach innen zum Oberschenkel hin und beulte nach außen die Hosentasche aus, wie nur echtes Rauschgift eine Hosentasche ausbeulen konnte. Abends auf dem Klo mit verhängtem Schlüsselloch packte ich es aus. Mein Gott, das war es, so sah es also aus: das

Rauschgift. Am vierten Tag sagte eine Stimme zu mir: *Wirf es weg, es ist Rauschgift. Und wenn du es tust, bist du ein guter Mensch.* Ich hatte im *Reader's Digest* schon erschütternde Geschichten von Süchtigen gelesen, die abgemagert und naßgeschwitzt nach Rauschgift riefen. Ich warf das Bröckchen in den Gully, und die Stimme sagte: *Gut!* Kurze Zeit darauf fragte die Stimme: *Wie willst du das Friedrich erklären, daß du gekniffen hast?* Eben, das war nicht zu erklären, das hätte ich mir vorher überlegen sollen, bevor ich das Rauschgift weggeworfen hatte. Als Mano dann kurze Zeit darauf den Dreiblattjoint baute, gab es kein Halten mehr.

– Und wann kommt der Flash?

Mano kam vom Plattenspieler angetänzelt.

– Weiß nicht, kann man nicht genau sagen, manchmal überhaupt nicht. Ist ganz verschieden.

– Hast du schon mal einen gehabt?

– Klaro. Bin kurz weggetreten, hatte das Gefühl, ich stehe auf der Dachrinne, so balanciermäßig, und sehe mich unten auf dem Gehsteig laufen.

Nichts als Kolportage, was er da erzählte. So ähnlich hatte ich das schon mal gehört, so sagten es alle. Ich zog wieder am Joint. Mano grinste wie ein Vollmond.

– Und, bist du drauf?

Ich legte mich nach hinten auf das Sofa und schloß die Augen. Hatte ein Gefühl, als würde der Kopf hinuntergedrückt. Oben in den Augäpfeln vibrierte schmerzhaft ein wurmartiger Nervenfaden. Die Augäpfel schienen sich in die Höhlen hineindrehen zu wollen. Das Herz schlug ruhig, Beine und Arme lagen entspannt. Ich registrierte alles, lauerte auf das, was nun kommen würde. Damals, im *Graf von Monte Christo* hatte ich das erste Mal von Haschisch gelesen. Ich erinnerte mich gut daran, wie der Graf mit einem kleinen goldenen Löffel von einem grünlichen Teig nimmt, dem besten und reinsten Haschisch von Alexandrien. Auf die Idee, daß der Graf von Monte Christo drogensüchtig war, war ich nicht gekommen. Ich lachte.

Jetzt kommt's, dachte ich, dann war es schon wieder vorbei, war nichts weiter als die Geisterbahnfahrt mit dem Bett, links antäuschen, dann hart rechts weg, der normale Suff-Bettdrehwurm.

Ich fühlte mich beklommen, riß die Augen auf. Das Schlimmste zwischendrin war dieses Gefühl, eingesperrt zu sein. In diesem Zustand konnte man nicht raus, niemand durfte rein, ich war eingekerkert.

Mano kicherte, hielt sich ein Plattencover dicht vor die Augen.

– Sexidol, der Wahnsinn, der absolute Wahnsinn. Schau dir das an, der Typ sieht aus wie ein Breitmaulfrosch.

Mano hielt mir, nachdem ich mich mühsam aufgerappelt hatte, das Photo von Mick Jagger unter die Nase. Mano spreizte mit den Fingern in den Mundwinkeln die Lippen zu einem Rechteck auf.

– Well allright. Charlie is good tonight.

Es war blöd, was Mano sagte, aber lustig, wenn man sich hineinversetzte. Nicht an und für sich lustig, aber lustig, weil Mano es lustig fand. Ich lachte.

– Ich hab' einen irren Durst.

– Draußen im Kühlschrank ist Bier.

– Bäh, Bier, eklig. Was gibt's sonst?

– Schau halt nach!

Draußen im Gang im Spiegel begegnete ich mir. Unterzog mich einer Diagnose. Ich sah nur das Schlimmste: Pickel auf der Nase, abstehende Ohren, dunkle Ringe unter den Augen. Kategorie drei!

– Arschloch!
Ich streckte mir die Zunge heraus. Belegt.
– Ich bin krank, dachte ich. Mir geht's schlecht.

Später warf ich mit Mano zusammen den ersten Trip. Sah unecht aus, ein dunkles Pünktchen auf einem Löschpapier, das Mano dann auch noch zerteilte. Vorsichtshalber, man wisse ja nie, wie man drauf komme. Überhaupt nicht, dachte ich. Nur Felix Magath lief dauernd mit dem Ball im Fernsehen auf und ab. Allein der Name: *Felix Magath*. Klingt komisch. Und so stellten sich immer wieder Zusammenhänge her, die so nahe lagen, die aber dennoch niemand vorher bedacht hatte. Warum eigentlich? Das war er dann doch, der Rausch. Aber er ist nicht ohne einen nüchternen Teil in mir, der ihn denkt. Mano stierte in ein Buch, sah Bilder an und wollte, statt aufs Klo zu gehen, die Pisse einfach laufen lassen. Wie Kinder. Und tat es dann auch, aber es stank und Mano fror. Also zog er sich doch um. Dann kamen flirrende Farben, tief gesättigt und vollreif, und legten sich überall ab. Schwer lastend aber dieses Gefühl, daß alles nur Kulisse war für etwas Unbekanntes, noch nicht Vorstellbares. Gefährliches. Ich hätte gerne geweint, aber den nüchternen Aufpasser gab es immer noch, und er sagte: Laß dich nicht gehen! Und so lag ein felsenschwerer Druck auf der Brust, bis sich die Spannung löste, als gäbe es dort einen Muskel, der sich zuckend zusammenzog und wieder entspannte. Das war ein Brustorgasmus, dachte ich, ich habe hinter das Brustbein ejakuliert. Hat irgendjemand je behauptet, ein Trip würde Spaß machen? Es ging doch nur darum, das Ganze durchzustehen. Es begann der Kampf gegen die innere Dekadenz, man mußte sich schon jetzt rüsten für ein besseres Leben nach dem Rausch.

In der Küche filzte ich den Medizinschrank, kochte mir dann einen Blutreinigungstee. Der war gut, bitter und reinigte das Blut. Alle Giftstoffe würden jetzt ausgeschieden, genauer gesagt: ausgeschissen. Dazu eine Orange, Vitamin C ist immer richtig. Ich muß etwas für mich tun.

Später dann schaute ich wieder zu Mano. Er lag in seinem Zimmer auf der Couch und schnarchte. In seinen Armen hielt er ein Kissen umklammert. Ich ging ins Wohnzimmer und legte mich hin. Morgen mußte ein neues Leben beginnen.

Raus hier!

In der Oberstufe verlor die Schule ihren Schrecken, aber auch ihren Reiz. Die Positionen waren gesteckt, ich fühlte mich erwachsener, und so hatten auch die Lehrer die ins Riesenhafte verzerrte Übermacht verloren. Viele erschienen auch drinnen in der Schule nur mehr als das, was sie draußen waren: langweilige Scheißer. Der Lack war ab. Holzinger pflegte vom Stehausschank in den Chemieunterricht zu kommen, stank wie ein Penner, trug eine Alkoholfahne vor sich her. In diesem Zustand ließ er uns gerne an einem Ammoniakröhrchen riechen. Ob wir den erkennen würden? Den typischen Hausgeruch? Na was denn: Scheiße halt! Der Altphilologe Dinkel war schwul und stieg auf dem Hauptbahnhof jedem Schnellfick hinterher. Loidl begann den Biologieunterricht mit dem Maikäfer, wurde krank, kam zurück, begann wieder mit dem Maikäfer, wurde krank und begann abermals mit dem Maikäfer. Seine Hängebacken waren zu Blattschneidezangen geworden, sein brauner Anzug hing ihm schlaff wie ein zu groß geratener Chitinpanzer am Leib. Wenn er zornig war, pumpte er, ohne abheben zu können. Seine Mutlosigkeit und Verzweiflung spürte man vor allem dann, wenn er durch Drehen und Recken des Kopfes bei vollständiger Starre des übrigen Körpers die Grab- und Fortbewegung des Engerlings im Erdreich anschaulich machte.

Mit den Notstandsgesetzen waren die großen Konfrontationen auch an der Schule vorbei. Scharmützel blieben noch auszufechten, wenn einige Scharfmacher Streit suchten. Das machten sie dann gleich am Anfang des Jahres, um die Fronten zu klären. Schnorr kam in das Klassenzimmer gelaufen, warf seine Tasche auf das Pult und polterte los. Daß Karl Marx das Heil der Welt in einem Fabrikschlot gesucht habe. Und daß Sozialismus nur Terror und Propaganda sei. Reaktionäre wie Schnorr blieben die Ausnahme. Meistens waren es ja nun die Lehrer, die ganz wepsig waren und so weitermachen wollten, wie es damals angefangen hatte. Jahrelang hatten sie nur schwarze Schuhwichse von ihren Händen abgewischt, hinten angeklebte Schwänzchen von ihrem Saccosaum entfernt, gegen einen schlafenden Haufen angeredet, gegen einen lärmenden angeschrien. Plötzlich ging es in jeder Schulstunde richtig ab: Der Stoff und seine Darbietung wurden problematisiert, Schüler interessierten sich, waren bereit, jede Diskussion auszufechten. Dieser Ansatz schien solchen Lehrern vielversprechend, nur ein wenig Überformung der Rohenergien schien notwendig: Wenn sie es nun noch schaffen würden, daß sich das Engagement an dem im Lehrplan vorgesehenen Stoff entzünden könnte. Am Anfang des Schuljahres sagten solche Lehrer in vorauseilender Anbiederung, daß sie nicht autoritär seien, man über alles sprechen und diskutieren könne, vor allem den Stoff, auch Arbeitskreise und sowas könnten sie sich vorstellen, in der Gruppe werde zum Beispiel was ausgearbeitet und im Plenum vorgetragen. Aber wenn die schon mit Vorschlägen ankamen, die mal unsere gewesen waren, dann war das sowieso gelaufen. Da mußte man wieder mit schwarzer Schuhwichse arbeiten. Wir hatten eben die Schnauze voll und wollten uns nicht einplanen lassen.

In der Pause verdrückten wir uns oft durch den Fahrradkeller nach gegenüber in die Oberpostkantine. Man sagte dort einfach laut *Grüß Gott!* oder *Mahlzeit!*, setzte sich hin und bestellte Weißwürste und eine Halbe Bier. Drüben war das übliche Gewurle auf dem Schulhof, die Kleinen spielten Fußball, die Mittelstufler drängten sich im Rauchereck zusammen, aber alle hatten sich unter das Joch der Pausenaufsicht zu beugen. Jetzt klingelte es zur vierten Stunde, wir schickten Tatz hinüber, er solle Bescheid geben, daß die Weißwürste heute etwas länger gedauert hätten. Freie Menschen wie wir, die die Schule jederzeit verlassen konnten, rauchten jetzt noch in Ruhe eine. Ränzler hatte sowieso nichts mehr zu melden, sollte froh sein, wenn wir überhaupt noch vorbeischauten und mitmachten.

Natürlich gab es auch andere Lehrer. Hering zum Beispiel, inzwischen Studienrat und an unsere Schule zurückgekehrt, fuhr Kniebig dauernd mit marxistischen Argumenten übers Maul. *Widerspiegelung der gesellschaftlichen Verhältnisse in der Literatur.* Kniebig hielt alles, was von Lehrern kam, für Lehrplan und arbeitete eine richtig materialistische Interpretation der *Weber* aus. Daran hatte nicht mal Friedrich was auszusetzen. Friedrich ging dann in der Pause zu Hering, bot ihm eine seiner letzten, aus Frankreich mitgebrachten *Gitanes* mit Maisblatt an und fragte ihn direkt, ob er ein Genosse sei. Hering machte ganz schmale Augen und zischte Friedrich zu, er solle das Maul halten, ob er schon mal was von Berufsverbot gehört habe? Friedrich grinste. Wir trafen Hering dann gemeinsam in einem Café, und er sagte, er sei in der Theoriefraktion aktiv. Wenn irgendwas durchsickern würde, sei er weg vom Fenster. Wir fragten ihn, ob er vielleicht eine Kapitalschulung mit uns machen könnte. Hering überlegte ein bißchen und sagte dann ja. Jeden Dienstagabend trafen wir uns bei ihm zu Hause, aber es kam nicht viel dabei heraus, weil sich niemand richtig vorbereitete. So kam Hering ins Dozieren, und es wurde fast ein normaler Unterricht. Außerdem tranken wir immer zuviel von dem Wein, den er uns hinstellte.

Seitdem er die Abiturklasse erreicht hatte, war Frank vollkommen abgetaucht. Er saß zu Hause über seinen Schulbüchern, warf AN1 ein und konnte dann nicht mehr aufhören zu lernen. Sagte, das würde todsicher funktionieren. Egal was man zu tun habe, mit AN1 komme man auf alles drauf. Mit ihm darüber zu reden, hatte keinen Sinn. In dieser Situation müsse jeder sein eigenes Ding drehen, erklärte mir Frank. Auch Mano hing über den Abiturvorbereitungen. Ich war daher mehr mit anderen zusammen, mit Harry zum Beispiel. Harry hatte mit Mühe die Mittlere Reife hinter sich gebracht und wollte von Schulgeschichten nichts mehr hören. Mit Leuten wie Harry mußte man sich nicht so eng anfreunden, um was mit ihnen machen zu können. Aber es war auch langweiliger. Samstags fuhr ich ohnehin immer zu Conny. Zwanzig Minuten Tram, fünfzehn Minuten Bus in einen Vorort von München. Bei Connys Eltern hatte ich Familienanschluß, ab und zu in den Ferien durfte ich sogar dort wohnen. Frau Bojan sog auf, was von der Jugend kam. Herr Bojan fand diese Anhimmelei zum Kotzen. Er kehrte den Mann heraus, der weichliche Jünglinge verachtet.

– Er ist mir zu feminin, sagte Herr Bojan.

Wenn Gäste kamen, geriet Bojan außer Rand und Band. Er rauchte und soff, krakeelte, riß mit den Händen Knoblauchzehen aus der Knolle, steckte sie roh in den Mund, schob Brot hinterher, fluchte: *Kruzemuck'n, Kruzemuck'n!* fluchte auf die Arbeit, fluchte auf den Alltag, haute auf den Tisch, schüttete Bier in sich hinein, holte seine Ziehharmonika und grölte *In the Summertime*, suchte Streit, fluchte:

Kruzemuck'n, ihr seid's doch dermaßene Arschlöcher! schloß Wetten ab, kletterte übers Dach, schmiß Pudding, ließ sich den Hosenschritt herunterreißen: *Ein Faß Bier, Jochen, und ich geh' so in die Arbeit, aber ehrlich, aber scho' wirkli'!* Bojans Gesicht war gerötet, seine Augen weit aufgerissen, unvermittelt fiel er in ein meckerndes Lachen oder haute jemandem auf die Schulter. Er hielt alle in Trab. Ich fürchtete ihn, diesen Kraftmeier. Vor allem wollte er nie diskutieren.

– Adrian, der Marxismus, das ist der absolute Scheißdreck!

Ich biß mir auf die Lippen, begann Bojan zu hassen. Ich verstand ihn nicht. Dabei nahm Bojan jeden Abend den Kampf gegen seinen Alltag auf und versuchte ihn in einem großen Rausch zu ertränken. Wollte herunter von dem Weg, der ihn geradewegs in die Pension geführt hätte. Wußte aber nicht wie, suchte daher jede Auseinandersetzung, schrie, soff, fraß Knoblauch und war einfach nur verletzt, daß ich nicht mittun konnte. Es wäre so einfach gewesen. Eines Tages jedoch meinte Bojan, ein Zeichen setzen zu müssen.

– Wenn ich mich wirklich mal mit Marx beschäftigen will, was les' ich denn dann?

Ich wurde kurzatmig, meine Augen tränenfeucht. Gerne hätte ich Bojan umarmt, aber der hätte mir wahrscheinlich eine runtergehaun.

– *Lohn, Preis, Profit* oder *Lohnarbeit und Kapital.* Das reicht für den Anfang. Da steht alles drin.

Conny bekommen zu haben, empfand ich immer noch als Glück. Conny hatte langes schwarzes Haar, helle Haut, sie war schlank, dennoch schien alles an ihr rund und üppig. Seit neuestem nahm sie die Pille, ihre Mutter war dafür gewesen. Zehn, halb elf Uhr abends zogen sich Connys Eltern in ihr Schlafzimmer zurück. Waren sie weg, kamen sie nicht mehr zurück. Sie wußten, was lief. Conny und ich hatten uns ausgezogen, lagen aneinandergeschmiegt unter einer Decke. Anstandshalber war der Fernseher angeblieben. Ich hob die Decke und schaute an Conny hinunter. Ob sie glaube, daß wir uns je trennen würden? Schon, erwiderte sie, aber das stehe jetzt wohl noch nicht an. Das war das Gemeine an ihr, daß sie gerade soviel gab, wie nötig war. Mir war so sehr nach einem *Nie!* zumute. Aber ob sie denn glaube, daß wir auch dann noch zusammen schlafen könnten, wenn wir uns schon getrennt hätten? Ob ich denn eine Besitzversicherung mit ihr abschließen wolle? fragte sie. Ich versuchte ihr zu erklären, daß sie – *ich ... äh ... meine deinen Körper ... äh ...* Körper! Wie sollte denn ein Wort mit zwei R das Gefühl wiedergeben können, das ich hineinlegen wollte? Körper! Zärtlichkeiten, wie andere sie sich vielleicht zuflüsterten, waren doch beschämend albern für jemanden, der wie ich sein Triebvokabular an der Psychoanalyse orientierte. Ihr Körper sei für mich zum Inbegriff des Weiblichen geworden, sagte ich. Conny war mißtrauisch. Sie spürte die Vereinnahmung. Statt eines gemeinsamen Überschwangs handelte ich mir eine Abfuhr ein.

Am schlimmsten waren die Abende, an denen überhaupt nichts ging und ich nur rumhing. Es war eine Unruhe in mir, ich wollte etwas unternehmen, wußte aber nicht was. Telephonierte dann viel, aber das brachte auch nichts mehr, der ganze Abend war schon vergeigt. Dann trank ich eben ein paar Bier. Mit einem Auto wäre alles einfacher, dachte ich. Da oder dort mal vorbeischauen, wenn nichts los ist: weiterfahren. Zu Conny hinaus, bleiben, heimfahren, wann es mir paßt. Ganz abgesehen von den anderen Möglichkeiten, die solch ein Auto bot, nachts im Wald, wie in den eigenen vier

Wänden. Oder einfach so wegfahren, raus hier! So ein Auto war ein Traum. Ich begann, in den Ferien zu arbeiten.

So kam ich zur Bahnpost in den Kurs vier.

Dieter Seckermann, der Kursleiter, schickte mich in den Verwurf. Der Verwurf waren halbkreisförmig an Gestellen aufgehängte Säcke, nach Postleitzahlen nebeneinander geordnet, in die von der Mitte aus Päckchen oder gebündelte Briefe geworfen wurden. Michael, auch eine Aushilfe, holte die vollen Säcke heraus, band sie zu und warf sie auf einen Wagen. Ich arbeitete zügig. Schwerere Stücke wurden von unten her wie beim Kugelstoßen weggedrückt, und sie flogen in hohem Bogen in den Sack hinein, der sich nach hinten straffte. Saugute Arbeit! Michael hatte die Schnüre aus seiner Tasche hängen, einen Sack über die Schultern gelegt, so wartete er darauf, bis einer ausgewechselt werden mußte. Jetzt aber stand er hinter dem Gestell, die langen schwarzen Haare hingen wie ein Vorhang nach vorne und bedeckten sein Gesicht. Als er den Kopf hob, sah ich, daß er weinte. Michael sah nicht gut aus, war bleich, machte einen zerquälten Eindruck. Ich erschrak. Was denn los sei, ob es ihm nicht gut gehe? Michael schüttelte den Kopf. Nichts. Er habe nur seine Depression.

Ich arbeitete langsamer. Jedes Stück bereitete Michael zusätzliche Qual. Er schleifte die Säcke hinter sich her, warf sie mit einem ungelenken Schwung auf den Wagen, kam langsam, ganz antriebslos wieder zurück, stellte sich neben das Gestell, krümmte sich dann jäh, deckte mit der Hand die Augen zu, und es schüttelte ihn von innen her. Ich hörte auf zu werfen und fing an, Säcke rauszuholen.

– He, hallo! Beutel rausbinden ist Sache des Kollegen da, rief Gäng von der Aufsicht. Er eilte heran.

– Ihm geht's gerade nicht gut, da kann man doch helfen, oder?

– Dann soll er sich bei mir abmelden, wenn es ihm schlecht geht, klar? Mal weg da!

Gäng, ein massiger Einsneunzig-Mann, stellte sich in die Mitte, holte ein Paket nach dem anderen heraus, warf sie mit routinierter Wucht in die Säcke, füllte sie rasch, Michael lief von einem zum anderen, seine Augen waren naß, Haarsträhnen hineinverklebt, zog einen Sack heraus, füllte einiges davon in einen anderen, denn sie waren bereits zu schwer, schleppte sie davon, versuchte aufzuladen, schaffte es nicht mehr, krümmte sich wieder, schlug die Hände vors Gesicht, legte sich dann über das Wagengitter mit dem Oberkörper in die Säcke hinein.

– Mensch, Scheiße hier, so geht das doch nicht, das ist doch Schinderei! schrie ich.

Gäng scherte sich nicht drum. Stand breitbeinig in der Mitte, stemmte die Hände in die Hüften und sagte:

– Drogen!

Dann ging er zu Michael, faßte ihn unter, zog ihn weg und entfernte ihn aus dem Kursraum. Ich tat nichts weiter, stand nur da, sah mich Gäng von hinten packen, ihm den Arm hochbiegen, ihn ruckartig herumwerfen, ihm mit der flachen Hand zweimal ins Gesicht schlagen, aus dem Handgelenk, locker, unverkrampft, links, rechts und eine dritte, rein in die fleischige Fresse! sah ihn aus dem Mund bluten, ein roter Faden zog sich aus dem Mundwinkel langsam nach unten, hör auf zu sabbern, du Drecksack! Aber da waren sie schon weg, Gäng und Michael, und ich tat nichts und stand da.

Eine Drecksau wie Gäng einzuordnen, war schwierig. Schließlich gehörte er auch zum Proletariat. Sigi sagte, Leute wie Gäng seien objektiv Klassenverräter. Sogar im KZ habe es welche gegeben, die Vergünstigungen bekommen und deswegen Genossen verraten hätten. Sigi kapierte überhaupt nicht, was ich meinte.

Seckermann und ich hatten am Sonntag den Frühdienst. Eine Notschicht, um den Betrieb halbwegs aufrecht zu erhalten. Gearbeitet wurde da nichts, nur ein paar Wagen hin und her geschoben. Ab und zu kamen von oben Päckchen über Rutschen herunter, irgendwo, ich wußte nicht wo, wurde sortiert. Die Päckchen wurden in Wagen aufgefangen, waren sie voll, wurden sie ausgetauscht. Seckermann hatte die Aufsicht, ich schob die Wagen. Ansonsten war die riesige Halle leer. Ab zehn Uhr war Seckermann zu, hickehacke voll. Ich saß da und sortierte Briefe. Die Zeit verging nicht, was sollte man denn sonst machen?

– Geh, Bua, hör' doch auf zum arbeiten, hör' doch auf! sagte Seckermann. Des werd' doch noch alles g'macht, aber ned jetzt, verstehst des?

Seckermann setzte die Flasche an. Ob ich wüßte, daß er schon mal in Afrika gewesen sei?

Und erzählte von Afrika.

– Der Neger hat's gut. Braucht ja nix. Einen Schild, einen Speer, bissel was zum Anziehen.

Und erzählte von prallen Weibern, die ihn ins weiße Fleisch zwickten und sich ficken ließen, so oft er wollte und konnte. Vom Weißen! Weiße Häuptlinge gibt's ja auch. Mit zehn Weibern! Die mögen die Weißen. Weil sie nicht weiß sind. Weil sie eben schwarz sind. Hoch den Rock, sag bloß: den Bastrock? genau den Bastrock! und strecken dir einfach die – sag ma mal: Bürste hin. Und ab geht die Post, genau: die Post.

Seckermann stülpte wieder die Lippen über die Flasche. Rülpste laut, sagte: hier ist der Landfunk! und freute sich. Mein Gott, Seckermann! Auch Seckermann war prall. Klein und prall. Wie eine Wursthaut schloß sich das rosa Hemd um seinen Bauch. Da gab es nichts zu zwicken, höchstens zu stechen, so prall war der. Wenn er gegessen hatte, klopfte er sich mit beiden Händen auf den Bauch und sagte: Jetzt bin i' wieder prall! Trug eine schwarze Hose mit weitem Schlag und speckigem Beamtenarsch, was heißt hier Beamter? da unten im Kurs sind alle Arbeiter! nix Beamte! war aber trotzdem ein speckiger Beamtenarsch. Ich versuchte mir vor Augen zu halten, daß Seckermann ein Opfer war, gemacht wurde zu dem, was er war: ein kleinbürgerliches, verkorkstes Arschloch.

– Geh Bua, hör' doch auf zum arbeiten!

Endlich hielt er die Schnauze und ging hoch in die Kantine.

Mit ein paar Hundert Mark, die ich verdient hatte, stapfte ich auf dem Gelände der Knogl KG herum. Schrottplatz und billige Gebrauchtwagen. Neben der Baracke, in der das Büro untergebracht war, standen die besten Stücke. Ganz hinten beim Zaun, an den Kotflügel eines Käfers gelehnt, begegnete ich Harry, der gerade durch den Maschendraht pinkelte. Was ich hier wolle, raunzte Harry und schüttelte den Schwanz ab.

– Was kleineres, sagte ich.

Harry verstand nichts, zog den Schwanz zurück, indem er den Arsch kurz nach hinten streckte, riß den Reißverschluß hoch und rückte mit beiden Händen die Hose zurecht. Dann grinste er. Schließlich lachte er. Unheimlich dreckig.

– Du bist vielleicht ein blöder Hund, Wahnsinn, so ein blöder Hund!

Harry drehte sich herum, wendete sich den Baracken zu, haute mehrmals scheppernd auf das Kühlerblech des Käfers, daß alle mitbekamen, daß er sich amüsierte, bog sich noch einmal vor Lachen und schrie:

– So ein blöder Hund!

Schließlich faßte er sich wieder, atmete tief ein, ließ die Luft pfeifend hinaus, schüttelte noch einmal den Kopf und schlug mir leutselig auf die Schulter. Was ich denn hier wolle? Jetzt begriff ich, daß ich es mit dem Sohn des Besitzers zu tun hatte. Mit Erlaubnis seines Vaters beschränkte sich Harry darauf, einmal die Woche in seinem MG auf das Gelände hinauszufahren, um sich sehen zu lassen. Denn Harry hatte langes, blond gesträhntes Haar, trug das Hemd offen und seine Brusthaare zur Schau, hatte goldene Ringe am Finger, silberne Armspangen ums Handgelenk und ein Goldkettchen um den Hals. Schlecht fürs Geschäft, dieser Auftritt. Harry verkehrte gerne in Zuhälterkreisen, die spielten Karten und hatten Weiber, Harry hatte Geld. Wenn er auf dem Gelände war, rumorte der Lebensekel in ihm: zuviel geraucht, zuviel gesoffen, zu teuer gefickt. Verkatert, mit blutunterlaufenen Augen stolperte er herum. So lernten wir uns kennen.

Ich sagte ohne Umschweife, daß ich nicht viel Geld habe und ein Auto wolle. Harry machte Schlitzaugen und taxierte mich. Ich solle mal mitkommen. Er zog mich ganz nach hinten aus der Hörweite der Baracke. Ob ich was besorgen könne? Ich kapierte nicht, was Harry wollte. Harry wurde sauer. Was denn schon: Shit natürlich! Ich überlegte. Wieviel er denn brauche? Harry wurde wieder zutraulich und fühlte sich verstanden. Ein Zwanzig-Gramm-Piece oder so müsse es schon sein. Er wolle nächste Woche ein Fest machen, und da dürfe der Shit nicht ausgehen. Okay? Ich nickte. Harry zog mich weiter durch die Autos hindurch und blieb vor einem schwarzen Fiat Neckar stehen. Fünfhundert plus – Harry grinste: Nebengeräusche, okay?

Dann brüllte Harry zur Baracke hin, Michele solle mal herkommen. Michele kam angelaufen. Trug einen ölverschmierten Blaumann. Ich sei ein guter Freund von ihm, sagte Harry, und würde deshalb den Wagen für fünfhundert bekommen. Ich käme am Freitag und würde den Wagen abholen. Michele solle ihn gleich rausschreiben. Capito? Michele nickte.

Harry hatte gesagt, ich solle einfach auf sein Fest kommen und den Shit mitbringen. Im Haus seines Vaters war der Hobbyraum zum Festkeller umgebaut. Harry stand hinter der Theke und begrüßte Neuankömmlinge über Mikrophon. Er drehte dazu die Musik leiser, stellte die Leute vor, fragte, wie es ihnen gehe, und hielt ihnen für die Antwort das Mikrophon hin. Dann zog er die Musik wieder hoch. *Deep Purple in Rock.* Oder Uriah Heep. Später holte mich Harry öfter mal mit seinem MG ab. Kam nie herauf, klingelte dreimal oder hupte mehrmals, wenn ich nicht sofort runterkam. Er wollte immer etwas Größeres unternehmen, aus der Stadt raus ins Grüne oder an einen See zum Baden. Wir fuhren dann eine Stunde, aßen einen Leberkäs, sprangen kurz ins Wasser, dann wollte Harry auch schon wieder zurück. Er hielt es nirgends länger als eine halbe Stunde aus, weil er ständig das Gefühl hatte, daß anderswo mehr los war.

Harry war soweit in Ordnung. Bezahlte grundsätzlich, wenn wir unterwegs waren. Nur auf fremden Festen benahm er sich daneben. Hatte eine so blöde Tour, Frauen anzumachen. Fragte immer, ob sie schon einen *Stößer* hätten. Deswegen wurde Harry auch nicht mehr eingeladen. Er führe sich zwar wie ein Prolo auf, sei aber eigentlich Kleinunternehmer.

Daß es jetzt plötzlich so schwierig war, die Leute einzuschätzen, merkte man an Sigi. Er hatte sich ziemlich verändert, hatte genau die Entwicklung mitvollzogen, die mit seiner politischen Organisation vor sich gegangen war. Zuerst hatte sich die USSG abgekapselt und nur noch unter sich getagt. Einen Jour fixe für Neugierige und Sympathisanten gab es nicht mehr. Die Kader würden ausgebildet, sagte Sigi. Eines Tages war die USSG dann aufgelöst worden, um sich sofort als RSF, Rote Schüler Front, neu zu konstituieren. Sigi hatte sich gleich die Haare schneiden lassen und verkündete, daß die antiautoritären Zeiten mit so bißchen Rumgammeln und Lustprinzip vorbei seien. Schule interessiere nicht mehr primär, sei ein Nebenwiderspruch, er mache jetzt Betriebsarbeit. *Sozialistische Basisarbeit. Rein in die Produktion!* Friedrich war durch die Entwicklung in die Klemme gekommen, weil er es einfach nicht über sich brachte, die Haare schneiden zu lassen, sie gingen ihm bis fast zur Hüfte. Aber er hatte jetzt öfter mal einen Hut auf, um die Länge zu kaschieren. Auch Michel hatte nun nichts mehr zu melden. Ich traf ihn im Occamkino. Es lief *Cardillac.* Michel tat so, als hätten sie ihn kastriert. Sagte, er ziehe jetzt nach Hamburg. Zu den Fischmarktspontis. Ich sagte, daß ich es ganz gut fände, nach Berlin zu fahren, vor Ort mal zu schauen, was los sei, denn offenbar wisse keiner mehr so recht, wie es weitergehen solle. Michel sagte, ich solle mich nicht immer so auf Autoritäten fixieren. Das bringe auch nichts. Michel bot mir das letzte Eiskonfekt an. Aber das wollte ich dann auch nicht mehr.

So machte jeder vor sich hin. Logisch, daß auch deshalb an der Schule nichts mehr los war. Allerdings war durch unsere Aussetzer ein Vakuum entstanden, das andere reinzog, vor allem die, die schon damals bei den Notstandsgesetzen für uns gewesen waren, aber sich noch nicht aus der

Deckung raus getraut hatten. Pollinger, Hunzeck und Berz aus unserer Klasse taten sich mit Russow und anderen zusammen, und fingen an herumzunölen, daß das damals gar nicht optimal gelaufen sei. Russow war jetzt ganz wichtig und sagte, sie hätten den Marsch durch die Institutionen angetreten. Gemeinsam arbeiteten sie einen Entwurf für ein Schülerparlament aus, den sie beim Kultusministerium einreichten. Russow meinte, sie hätten ziemlich gute Chancen, mit der Sache durchzukommen. Er habe selbst mit Dr. Bacher vom KuMi gesprochen, der den Entwurf zur Annahme empfehlen wolle. Sigi, ganz Berufsrevolutionär, meinte, das Gemauschel werde sich von selbst erledigen, denn es sei eine verdammte Illusion zu glauben, das KuMi werde kritischen Schülern irgendwas hinterhertragen. Russow entgegnete, genau da irre Sigi, wer sich diesen Fall nicht mehr vorstellen könne, könne ihn auch nicht herbeiführen.

Über Pfingsten hatten mich Bojans eingeladen, bei ihnen zu bleiben, weil sie wußten, daß Conny und ich sonst keine Chance hatten, mal zusammen zu übernachten. Dann aber kam die Sache mit Harry dazwischen. Am Dienstag stand es in der Zeitung: der alte Knogl war tot. War in die Luft gegangen mitsamt seiner Baracke. Und das kam so: Knogl betrat morgens, munter wie immer, sein Büro und fing an, die von der Polizei ausgestellten Formulare zu sortieren, um für Michele und seine Kollegen eine Tour zusammenzustellen, bei der sie mit ihren Schleppfahrzeugen die freigegebenen Autowracks aufnehmen würden. Drüben in der provisorischen Küche warteten seine vier Italiener, er gab ihnen die Papiere, zog die Zündhölzer aus der Tasche, um sich auf dem Campingkocher Wasser für Kaffee aufzusetzen, drehte die Gasflamme auf, zündete das Streichholz an. Was dann kam, ging so schnell, daß er das Jenseits wahrscheinlich mit dem noch brennenden Streichholz betrat: die Gasflasche detonierte und legte die Baracke in Schutt und Asche. Michele und seine Kollegen kamen leicht verletzt davon, sie hatten getan, was Knogl von ihnen erwartet hatte: sich sofort an die Arbeit gemacht. Mittwoch früh rief mich Harry an, gehetzt, unter Druck. Natürlich war das Unglück an ihm vorübergegangen, denn der Vormittag war nicht die Zeit für ihn, das Gelände aufzusuchen.

– Hast du es schon gehört? Mein Vater is' gestorben.

– Ja, schon. Tut mir leid.

Harry sagte, ich müsse ihm helfen. Er habe keinen einzigen Fahrer mehr. Ich solle einspringen, eine Zeitlang zumindest. Ich sträubte mich. Ich dachte an die Post, an Gäng, Seckermann und die anderen und wollte nicht schon wieder arbeiten. Harry bedrängte mich, meinte, ohne mich würde der Betrieb nicht weiterlaufen. Früher hatte Harry seinen Vater nur spöttisch gefragt, ob der Laden brummen würde, und jetzt hing er selber drin. Und ich auch.

– Zwanzig Mark für jedes Auto! Acht schaffst du lässig.

Ich begann schon am nächsten Tag. Harry hatte noch Rudi aufgetrieben. Rudi hatte schon früher für Knogl gearbeitet. Saß im Schlepper ganz routiniert, ließ den linken Arm aus dem Fenster baumeln, fuhr einmal wie die gesengte Sau ums Gelände und schrie:

– Okä!

Ich hatte Schiß, Schiß von Anfang an. Der Schlepper war zu groß, zu alt, die Gänge krachten, wenn ich sie einlegte, der Motor bullerte gefährlich, und mein linkes Bein zitterte, wenn ich die Kupplung durchtrat.

– Okä, oder? fragte Harry und reichte mir das erste Formular durchs Autofenster.

Ich fuhr weit hinaus. Nach Garching. Dreiviertelstunde

reine Fahrzeit. Irgendwo auf einem Feld lag das Wrack, ein Opel Admiral. Ich erschrak. Er hatte keine Räder mehr. Da war nichts zu machen. Gottseidank! Hielt an der nächsten Telephonzelle und sagte Harry Bescheid. Da gehe nichts ohne Räder. Harry wurde sauer. Diese Autos seien sowieso die wichtigsten. Wenn die nicht wegkämen, bekomme er dermaßen eine aufs Dach von den Bullen. Er werde mir mal erklären, wie es gehe, er habe es ja selber auch schon hinbekommen.

Hinfahren an das Auto, Haken einhängen, hochziehen, jetzt ein Stückchen zurück, daß es das Auto unter den Kran drückt, Kette nachlassen, aber nicht zuviel, wieder ein Stück rückwärts, wieder nachlassen, dann sitzt der Kübel auf der Plattform auf, und dann, jetzt kommt's: Haken vorne raus und hinten dran, hochziehen, und der Wagen hängt eingeklemmt. Überhaupt kein Problem!

– Logisch oder?

Schon, nur daß der Wagen bei jedem Zurückstoßen auch nach hinten auswich. Ich arbeitete eine Zeitlang. Umsonst. Kinder kamen und sahen zu, was ich da draußen auf dem Feld machte. Ich war unter Druck.

– Das geht nie! sagte ein kleiner Junge.

Er hatte ja recht. Ich legte mich aufs Steuerrad. Der Junge kletterte zum Führerhaus hoch.

– Sie, das geht ned! Is' Ihnen schlecht?

Ich schüttelte den Kopf.

– Geh runter vom Auto! Is' zu gefährlich.

Und bekam eine Wut, daß ich mich auf die windige Arbeit eingelassen hatte. Daß ich versagte. Mein Weg als Intellektueller war eben doch vorgezeichnet. Für die Produktion und die körperliche Arbeit war ich ungeeignet. Ich sprang aus dem Führerhaus, hängte das Auto an den Haken, fuhr los, daß der Feldweg staubte, zum großen Strommasten, setzte zurück, bis das Blech gegen den Pfeiler krachte, stieg aus, ließ nach, setzte wieder zurück und so fort, bis ich das Wrack dazwischengeklemmt hatte, zog es hinten hoch und hatte es an der Angel. Geschafft, das tat gut! Ich schaute auf den Jungen hinunter.

– So geht's schon.

Durch den Spiegel äugte ich nach hinten auf den Wagen und hoffte, daß er halten würde. Harry mußte es ja wissen. Auf dem Gelände dann, als ich über ein Schlagloch fuhr, fiel der Admiral runter. Da war es schon egal. Aber Harry, der linke Hund, hatte es gewußt. Jaja, das sei schon Scheiße mit diesen langen Kübeln. Die gingen normal schwer oder gar nicht. Aber eine Leerfahrt sei ja auch Scheiße, da würde ich ja überhaupt nichts verdienen.

Abends waren dann gerade mal sechzig Mark verdient. Beim Abendessen mit Bojans kippte ich vornüber weg und schlief ein. Conny war sauer, daß ich für sie kein Interesse mehr aufbringen konnte. Ich sagte, da sehe sie mal, was für einen Leidensdruck der normale Arbeiter habe. Physisch und psychisch.

Zu Harry sagte ich am nächsten Tag, daß es einfach nicht gehe. Ich müsse aufhören. Harry bat mich, die Woche wenigstens zu Ende zu bringen. Er würde mir einen Hunderter auf die Hand geben. Ich müsse dann eben die Wracks von weiter draußen reinfahren. Ich gestand ihm noch zwei Tage zu, aber keinen mehr, außerdem müsse ich dringend nach Berlin.

Die Fahrt nach Berlin hatte ich mir nicht ausreden lassen. Ich wollte raus aus dieser Konfusion. Wollte direkt mit den entscheidenden Leuten reden. Darüber würde ich dann eine Reportage für die Schülerzeitung schreiben. Über das Wichtigste, den Kern, das Eigentliche: die Bewegung selbst. Luc Favre war mir als kompetent empfohlen worden. Er wisse alles über die Studentenbewegung. Favre war, wie ich mir einen Revolutionär vorgestellt hatte: schlank, blaß, schwarz gekleidet, mit aufgespreizten Fingern hielt er sich das Kinn, versank fast in einem weichgepolsterten Sessel. Ich war eingeschüchtert, erzählte stokkend, zuerst nur von der Reportage, die ich vorhatte, gab dann immer mehr von mir preis, erzählte schließlich, was mich antrieb, und tat das Bedürfnis kund, verstanden zu werden. Es war wie eine Prüfung. Favre hörte zu, schien zustimmend vertieft in meine Erzählung, dann runzelte er die Stirne, schüttelte den Kopf, bis ich verwirrt abbrach. Favre begann leise.

Was seien schon die Studenten? Die Schüler? Privilegierte, nichts! Kein revolutionäres Subjekt. Das revolutionäre Subjekt sei nicht in der Universität, man finde es nur in der Produktion selber, in der Fabrik. Es gehe um die Lohnarbeiter. Deren Alltag, deren Kämpfe, auch die kleinen, das sei Geschichte, die Geschichte von Klassenkämpfen.

Favres nasaler Singsang hatte plötzlich aufgehört, er war aufgestanden, hinter den Sessel getreten. Er wurde lauter.

Ich solle über *Das Kapital* schreiben: *Der Reichtum der Gesellschaften, in welchen kapitalistische Produktionsweise herrscht, erscheint als eine ungeheure Warensammlung, die einzelne Ware als seine Elementarform.* Das solle ich schreiben, das müsse analysiert werden! Oder ich solle den Pariser Mai beschreiben, die Kämpfe der französischen Arbeiter um die politische Macht.

Favre hatte den gepolsterten Rücken zum Pult gemacht, von dem er herabschrie. Er deutete mit vorgestrecktem Finger auf mich, haute auf den Sessel.

Marx habe in den Thesen über Feuerbach klar zum Ausdruck gebracht, daß der Hauptmangel gewisser Betrachtungsweisen eben gerade darin liege, die Wirklichkeit nur unter der Form des Objekts aufzufassen, Objekt! ob ich das verstünde? Objekt, und nicht als menschlich sinnliche Tätigkeit. Als Praxis! Und die Praxis, das geschichtliche Handeln des revolutionären Subjekts, dies aufzuspüren, jetzt, hier und heute, in der gegenwärtigen historischen Situation, das sei es, was geleistet werden müsse.

– Alles andere ist sinnlose, kontraproduktive, abgehobene Wichserei. Sentimentalität. Verstehst du das?

Ich verstand überhaupt nichts, nur daß Favre sich gegen mich wendete. Favre war ein kalter, harter Hund, nichts weiter. Irgendwie auch, so weit ein Held der Bewegung es sein konnte: ein Arschloch.

Was für eine blöde Vorstellung, daß die mich besser verstehen könnten! Daß man sich dort wärmen oder seine Wunden lecken könnte. Bestenfalls ließen sie mich tun, was ich wollte. Ich war zu Besuch bei den Antiautoritären, einfach da, nichts weiter, niemand kümmerte sich drum, *da hinten kannst du pennen!* niemand fragte: *Wer bist du?* nur *Hallo! Tag!*

Bei Bojans erzählte ich die Geschichte meines Berlinbesuchs in leuchtenden Farben. Ich hätte mir eher die Zunge abgebissen, als unsere immanenten Differenzen zu petzen.

Nach den Pfingstferien stand in der Schule bereits die Abiturfahrt an. Sie wurde ein Jahr vor dem Abschluß durchgeführt, um die Prüfungsvorbereitungen nicht in Mitleidenschaft zu ziehen. Wie so viele vorher, hatte sich auch unsere Klasse dafür entschieden, nach Griechenland zu fahren. Häuber ließ sich es sich nicht nehmen, daran teilzunehmen.

– Machen Sie die Augen auf, Berlenberg, sagte Häuber,

daß Sie wenigstens zum Schluß noch was fürs Leben mitkriegen.

Für Häuber mußte man sich schämen. Je fremder, je exotischer seine Umgebung wurde, desto mehr schrumpfte er zum Deutschen zusammen. In Mykene tat er, als seien die klassischen Stätten in die Hände von Wilden geraten. Dem Griechen war zu mißtrauen. Er trieb seine Hammelherde über sanft geschwungene Hügel. Es bedurfte des Blicks eines Schliemann, sie als Kuppelgräber zu erkennen.

In Athen beim Abstieg von den Akropolis hatte ich mich in der Plaka etwas von der Schülergruppe abgesetzt. English? Deutsch? fragte mich ein hagerer, etwas abgerissen wirkender Grieche. Deutsch gut! strahlte er auf meine Antwort hin, öffnete die Arme, zog mich an sich. Ich spürte die schwarz-grauen Bartstoppeln an seiner Wange. Ein scharfherber Geruch umgab ihn. Dem Griechen war zu mißtrauen, ich faßte dauernd nach meinem Geldbeutel. Ich war keinen Deut besser als Häuber! Und schämte mich deswegen. Nikos ließ mich nicht mehr los, dagegen war nichts zu machen. Zuerst ein Kaffee. Dann Bauernsalat, Tsatziki, Souflaki und Retsina. Und noch einmal Retsina. Nippte ich am Glas, goß Nikos nach. Fichtennadelwein! Er sei zwei Jahre lang in Deutschland gewesen. In Mannheim. Dort habe er Transistoren gelötet. Für einen Stundenlohn von einsneunzig. Er habe recht gut gewohnt, gegessen und auch sonst sehr anständig gelebt, aber Geld habe er genauso wenig gehabt wie zuvor. Deshalb sei er jetzt wieder hier. Sei besser. Er sei eben Grieche. Nikos sprang auf, deutete einen Tanzschritt an, schnalzte mit den Fingern und summte. So tüchtig wie die Deutschen sei er nicht. Leider. Aber er liebe sie. Nikos führte drei Finger zum Herzen und schaute zum Himmel. Dann goß er wieder Retsina nach. Und orderte neuen. Nikos bezog die am Nebentisch Sitzenden mit ein:

Ich sei sein Freund. Gläser wurden gehoben. Kipp ab das Zeug, dachte ich. Aber Nikos goß nach. Dann zog mich Nikos schließlich vom Stuhl hoch, hakte mich unter, schleppte mich aus der Taverne durch die engen Gäßchen der Plaka und den Flohmarkt hindurch Richtung Omonia-Platz. Zweigte dann wieder ab in eine schmutzige Seitenstraße, blieb vor einem schmalen, zweistöckigen Bau stehen und drückte die Türe auf. Eine Geruchswolke aus Mottenpulver schlug mir entgegen. Ich solle raufgehen, sagte Nikos, er würde hier unten warten. Nun war es soweit: etwa fünfundachtzig Mark in Drachmen und weitere zweihundert waren dahin. Nikos grinste, schob mich, den Zögerlichen, zur Treppe und ließ eine spitze, feucht-rote Zunge zwischen den Lippen hin und her gleiten. Ich ging, fühlte mich zu schwach und zu angesoffen für jegliche Gegenwehr. Nikos rief nach jemandem. Im ersten Stock wurde die Türe geöffnet. Eine füllige, blondierte Frau in schwarzem Mieder, BH und Strümpfen schaute nach unten. Ich drehte sofort um, lief die Treppe hinunter in die Arme von Nikos. Der zog fragend die Brauen hoch, maß mich von oben bis unten, als sei ich neu zu entdecken, küßte mich auf beide Wangen, legte einen Arm um mich und ging mit mir wieder auf die Straße hinaus. In die nächste Taverne. Und wieder der Fichtennadelwein. Nikos hatte sich verändert, rückte nahe, tätschelte mein Knie. In meinem Dusel begriff ich noch, daß Nikos schwul war und in mir einen Gleichgesinnten sah, hatte ich doch die Frau zurückgewiesen. Nur drastische Gegenwehr half noch. Ich sei besoffen, müde und nicht schwul, lallte ich. Bohrte mit dem Zeigefinger der Rechten in die Handfläche der Linken und schüttelte den Kopf.

– Nicht schwul, verstehst du? Ich muß zurück ins Hotel. Neos Olympos. Bitte!

Nikos zuckte die Achseln, sagte: Kein Problem! und sagte: Noch ein letztes Glas! Und mit Todesverachtung kippte ich es hinunter, dann legte Nikos meinen Arm um seine Schulter, zog mich hoch und schleppte mich zum Hotel, unausgesetzt singend. Umarmte mich im Foyer ein letztes Mal, versprach, mich morgen abend wieder abzuholen und verschwand. Noch am nächsten Tag war ich so angetrunken, daß ich außerstande war, die Fahrt zum Cap Sunion mitzumachen.

Mit Häuber erlebte man dergleichen nie, man blieb unter seinesgleichen. Es ging immer nur um Schliemann! Die Statue dieses Heroen war ein Kunstwerk, das Häuber selbst in den langen Jahren des Griechischunterrichts herausgemeißelt hatte. Das Großartige an Schliemann waren gar nicht so sehr seine Ausgrabungen, sondern seine feste Überzeugung, daß Homers Ortshinweise wörtlich zu nehmen seien. Die am Metaphorischen orientierte Übersetzung war eben eine Laxheit, war unpräzise und daher außerstande, den realen historischen Kern von Homers Texten zutage zu fördern. So war Schliemann zu einem Exempel geworden, mit dem zu beweisen war, welcher Rang Grammatik und Wortschatz wirklich zukam.

– Mit ihren Übersetzungskünsten, Berlenberg, pflegte Häuber zu sagen, hätten Sie Troja in Hinterindien vermuten müssen.

Im hellen Anzug, mit Strohhut und senfgelben, knarzenden Schuhen stakste Häuber zwischen den Trümmern herum und las aus dem Führer vor. Nicht einmal für den Parthenon hatte er eigene Worte. Er versuchte daher immer wieder einen Witz.

– Nächste Haltestelle Königsplatz! rief Häuber beim Anstieg zu den Propyläen, um auf die bayerische Kopie hinzuweisen.

Da konnte er einem dann doch leid tun, denn ohne Ignoranten, geistige Tiefflieger und Gehirnakrobaten produzierte er nur Leerlauf. Häuber brauchte den Widerpart, den wurstigen Schülerdumpfkopf, um seinen humanistischen Kulturentwurf formulieren zu können. Deshalb war außerhalb des Klassenzimmers jede Ausstrahlung erloschen. Er war zu keiner Hingabe an die von ihm propagierten Werte fähig.

Frank hatte jetzt das Abitur, ich stand davor. Noch war es klar und einfach, sagen zu können, ich bin achtzehn Jahre alt, habe die zwölfte Klasse hinter mir und komme jetzt in die dreizehnte. Solche Zählwerke funktionierten ohne eigenes Zutun, aber nicht mehr lange, bei dreizehn war Schluß. Ich wartete darauf, abzuhauen, und wollte das letzte Jahr nur mehr wegdrücken, dann aber passierte doch noch etwas: Dr. Bacher teilte auf mehrere eingeschriebene Briefe Russows hin mit, daß der der Kommission vorgelegte Satzungsentwurf für ein Schülerparlament abgelehnt worden sei. Russow war außer sich. In seiner Eigenschaft als Schulsprecher lief er von Klasse zu Klasse. Beklagte bitter den Vertrauensbruch. Er sei zuerst hingehalten, schließlich getäuscht worden. Wer sich in der Schule über die SMV für die Interessen der Schüler einsetze, verschleiße sich nur. Das Establishment habe aber einen Riesenfehler gemacht. Sogar Blinden gingen jetzt die Augen auf. Das KuMi treibe ursprünglich gutwillige Schüler in eine Radikalisierung. Sigi verbesserte ihn. Die Kapitalistenklasse mache keine Fehler. Der ganze Staat sei der Fehler. Um Russows dunkle Andeutungen aufzuhellen, setzte er hinzu: Auch Russow sei jetzt in die RSF eingetreten.

Nun gab es doch wieder Zoff an der Schule. Eine neue

Front stand, geschlossener denn je. Russow trat als Schulsprecher zurück. Pro forma ließen sich Sigi und Friedrich wählen. Ihr Programm war, daß die SMV zu nichts anderem tauge, als das verlogene System von innen her auszuhebeln. Wir trafen uns nun wieder jeden Abend, es hatte uns alle nochmal gepackt. Sigi entwickelte ein Zellenkonzept, das er in seiner Betriebsgruppe kennengelernt hatte. In jeder Klasse müsse eine Zelle gebildet werden, die sich aktiv mit den Zuständen dort auseinandersetze. Die Lehrer, der Stoff müßten kritisiert werden, denen, die unter dem kapitalistischen Schulsystem zu leiden hätten, könne durch Nachhilfekollektive geholfen werden. Wir setzten das sofort um und schrieben ein Flugblatt, in dem wir Holzinger und Loidl fertigmachten. Sigi und Friedrich unterschrieben das Flugblatt als verantwortliche Schulsprecher.

Zwei Tage später trat das Lehrerkollegium zusammen. Sigi und Friedrich hätten sich ganz klar politisch betätigt. An der Schule sei das verboten, sie sei neutral. Häuber führte den Vorsitz, Faller war in Behandlung und tauchte nur noch sporadisch auf. Friedrich und Sigi bekamen eine Vorladung, sie sollten sich vor dem Kollegium rechtfertigen. Häuber zeigte durch seinen vorgeschobenen Unterkiefer Kompromißlosigkeit und stellte fest, die beiden würden den revolutionären Kampf in die Schule tragen und damit jede schulische Ordnung zerstören. Sigi sagte, genau so sei es. Dazu stehe er. Voll. Schulkampf sei Klassenkampf.

Dichte, schwere Schneeflocken schwebten herab. Ich wechselte ständig von einem Bein aufs andere und fror. War wieder viel zu dünn angezogen. Wie lange standen wir nun schon da unten? Die ganzen Jahre hindurch immer wieder derselbe Blick auf dasselbe Portal. Ein Maul, das sich öffnete und schloß, das uns schluckte und ausspie. Drinnen stellten sich Friedrich und Sigi dem Tribunal, wir hatten uns unten versammelt und schrien hoch. *Wenn sie Friedrich und Sigi schmeißen, werden sie auf Eisen beißen!* Russow hatte sich als Nikolaus verkleidet. Wir warfen immer wieder Schneebälle hoch, Russow versuchte, uns zu animieren, aber mir war so elend zumute. Ich glaubte nicht mehr daran, ich machte nur noch mit. Frank hatte gesagt, ich solle mich nicht so haben, das letzte Jahr an der Schule müsse eben auch abgefackelt werden. An der Uni werde alles besser. Da könnten wir neu, systematischer ran. Er hatte sich mit Mano zusammen schon eingeschrieben. Ein Taxi hielt, verbreitete einen gelben Lichtschein, den die Flocken weitertrugen. Wir hielten inne und schauten. Ein großer Mann kämpfte sich schwerfällig aus dem Rücksitz heraus, setzte seinen Hut auf, ging gebeugt an einem Stock, trug einen langen, schweren Kamelhaarmantel, war oben herum eingehüllt in einen dicken weißen Schal. Wir erschraken. Es war Faller. Faller blickte nicht auf, winkte mich nur mit einer kurzen Handbewegung heran. Russow im Kostüm erkannte er nicht.

– Berlenberg, sag ihnen, sie sollen jetzt aufhören. Komm, hilf mir hoch.

Russow und die anderen waren zurückgetreten. Niemand sagte etwas. Ich faßte Faller am Unterarm und versuchte, ihn bei seinem Gang die Treppe hinauf zu stützen. Im Gehen öffnete Faller seinen Mantel, holte aus seiner Hosentasche den Universalschlüssel, mit dem sich auch das Lehrerzimmer öffnen ließ. Faller wehrte die besorgten und erstaunten Nachfragen des Kollegiums ab, sagte, er wolle nur kurz mit Sigi und Friedrich alleine reden. Ohne eine Antwort abzuwarten, drehte er sich um, ging zu seinem Zimmer, öffnete es mit demselben Schlüssel. Sigi und Friedrich kamen zögerlich. Faller rief, wir sollten reinkommen.

– Du auch, Berlenberg!

Türe zu, sagte Faller. Er saß mit Mantel und Schal in seinem Bürosessel, den nassen Hut hatte er vor sich auf den Schreibtisch gelegt. Sein graues, strähniges Haar früher glatt nach hinten gestrichen, hing seitlich herunter, bedeckte fast die Ohren. Wir sahen seine eingefallenen Wangen, die gelbliche Gesichtshaut und große Leberflecken, die uns früher nie aufgefallen waren. Wieder nahm Faller die Brille ab und griff sich an die Nasenwurzel. Seine Augen waren von dunklen Ringen umgeben. Sah jetzt aus wie eine alte Eule. Müde und struppig.

Sigi und Friedrich müßten von der Schule. Freiwillig. Das sei ihre einzige Chance, der Relegation zu entgehen. Er könne nichts mehr für sie tun. Nichts. Seine Zeit sei abgelaufen. Faller stand auf, gab zuerst Friedrich, dann Sigi und schließlich mir die Hand. Sagte, wir sollten jetzt gehen.

Am Abend saß ich im Wohnzimmer und rauchte Pfeife. Wir hatten uns gleich zerstreut und waren nach Hause gegangen. Im Fernseher lief Schwachsinn, ausgehen wollte ich nicht mehr. Ich öffnete den Medizinschrank, schaute, ob es irgendwas gab, was sich schlucken ließ. Etwas Zustandsveränderndes, egal was, etwas Abenteuerliches. Gab aber nichts, nur Schlaftabletten. Allerdings ein Barbiturat, und das wurde, wenn von heimlichen Drogen die Rede war, immer genannt. Ich schluckte zwei. Trank kurz darauf ein Glas Bier und fiel um. Nachts gegen zwei wachte ich auf, lag klebrig und verschwitzt auf dem Sofa, mit trockenem Mund, überwand das Niemandsland der aussetzenden Erinnerung, schleppte mich zum Plattenspieler und legte Eric Burdon auf, *And here I sit with a tear in my eye*, hörte das Lied noch dreimal von vorne.

Das Abitur kam wie eine Erlösung für mich. Sigi und Friedrich waren weg. Von den Übriggebliebenen war mir niemand mehr wichtig. Es war ein feuchter, aber kein tränenreicher Abschied. Die Schulabgänger trafen sich in der Schankstube der Perlacher Versuchsbrauerei und tranken Bockbier. Ich wollte nur mehr Stunk. Zwei Maß genügten für einen Fetzenrausch. Die dritte war eine notwendige Roßkur, um einen Wahnsinn auszulöschen, der wie ein Brand um sich griff: Es gab solche, die Medizin studieren durften, wenn auch nicht nächstes Jahr, doch über Parkstudium und Warteliste in fünf Jahren, und es gab solche, die nicht Medizin studieren durften. Aussichtslos.

– Prost, ihr Arschlöcher, lallte ich.

Und sagte, daß es sich so Medizinärsche verdammt leicht machten, sie wollten gutes Geld und gutes Gewissen in einem Aufwasch, lavierten sich an allen Problemen vorbei, flickten einen Fleischhaufen zusammen, aber verhinderten nicht, daß in der Dritten Welt die Leute dutzendweise abgeschossen würden.

– Fickt euch in euren Krankenschein, ihr Arschlöcher.

– Er ist besoffen, sagte Hunzeck.

– Brauchst du 'n Taxi? fragte Pollinger.

Ich legte mich vornüber auf den Tisch.

– Ihr geht mir dermaßen auf den Sack.

Vornüber, rundherum, immer runter, nur der Magen hebt sich. Ich stand auf, der Stuhl fiel nach hinten, und torkelte zum Parkplatz zu meinem Auto, sperrte auf, setzte mich hin, kotzte, fuhr dann los, wußte nicht mehr, wo ich war, die ganze Stadt eine einzige Pampa, sah nichts mehr, hielt an, irgendwo am Straßenrand, und schlief meinen Rausch aus. Das war es, gesehen habe ich keinen mehr von ihnen. An der Uni sowieso nicht.

Die Entscheidung fiel auf dem Klo mit dem Studienführer auf den Knien. Zur Debatte standen Philosophie, Soziologie und Politologie. Logischerweise wurde es die Soziologie, Herd des studentischen Widerstands, Hort des aktuell bedeutsamen Wissens. Nach einer halben Stunde zog ich die Spülung. Das war geregelt, doch noch war es nicht soweit, das Semester begann erst in fünf Monaten.

Ich fuhr raus zu Conny.

Erste Auflage 1996

Umschlag: King Kong Kunstkabinett
Satz: Frese, München
Druck & Bindung: G.J. Manz AG, Dillingen
ISBN 3-88897-175-6